LA FATIHA

Née en France,
mariée de force en Algérie

JAMILA AÏT-ABBAS

La Fatiha

Née en France,
mariée de force en Algérie

MICHEL LAFON

A ma mère,
A ma fille.
A toutes les femmes du monde...
A l'Algérie et à la France.

Merci à Bouzid
et à Allaoua.

Par souci de discrétion et de respect du droit des tiers, la plupart des noms et prénoms ont été changés.

I

— Mords dans le drap ma fille, tu ne sentiras rien, c'est comme ça qu'on m'a fait...

Le tissu que ma mère enfonce dans ma bouche a le goût du savon mal rincé, mes mâchoires se durcissent, je ne peux plus dire un mot. Les femmes de la famille, chargées de me préparer pour la nuit de noces, ont demandé à Mustapha Zenka de sortir un instant, le temps pour elles de me gifler et de m'attacher au lit. J'essaie de me débattre, je veux parler à ma mère, lui dire ce que j'ai sur le cœur, j'arrache le bâillon.

— Tu me maries de force, tu sais que je n'aime pas Mustapha Zenka, tu vas contre la volonté de Dieu, je te maudis ! Si toute ta vie tu as été malheureuse, alors c'est qu'il t'aura fait payer à l'avance pour ce que je subis !

A peine les ai-je prononcées, je regrette déjà ces paroles blessantes, mais la douleur de me savoir ainsi « vendue » me fait perdre la tête.

— L'honneur passe avant mon devoir de mère !

Je n'ai pas le temps de répondre, le drap qu'elle coince de nouveau entre mes dents me stoppe net dans mon élan. Je me retrouve bras et jambes écartés, complètement nue. Les femmes, sans un regard pour moi, dévissent l'ampoule qui pend du plafond, puis sortent et me laissent dans le noir absolu.

Je les entends chuchoter derrière la porte.

— Elle est calme à présent, elle va se laisser faire.

De retour dans la chambre, exaspéré par la résistance que je lui oppose depuis le début, impatient à l'idée de me voler ma virginité, Mustapha Zenka, à qui l'on vient de me marier de force, se jette sur moi, réduisant à néant mes chances de pouvoir lui échapper.

Ma virginité : rien d'autre ne l'intéresse, pas même ma bouche, pas même mes seins. Je n'ai droit à aucune caresse, d'ailleurs, sait-il vraiment de quoi sont faits les préliminaires ? C'est sans importance, je ne m'attendais pas à une nuit de tendresse... Verrouillée de l'intérieur, je vois défiler certaines images de ma vie alors que mon mari, que je n'ai pas choisi, s'agite sur mon ventre comme un pantin désarticulé. Mon système nerveux fait bloc autour de mon sexe, qui me brûle, et dont je persiste à vouloir garder la clé pour moi. Mais, pieds et mains liés, je me vois offerte comme un paquet-cadeau dont on déchire l'emballage pour jouir plus vite de la surprise. Je résiste comme je peux à cette pression bestiale qui ne dure que quelques minutes.

Mustapha Zenka parvient à me faire saigner, je sens le liquide chaud et humide glisser le long de mes cuisses. Il ne s'est rendu compte de rien... Dans sa tentative désespérée de me voir soumise, il ne m'a pas totalement déflorée. Il se retire trop tôt, certain d'être parvenu à cueillir cette fleur tant convoitée. Lui qui n'a fait qu'en arracher un des pétales...

Même après cela, je garde le silence, ce qui étonne mon bourreau, un peu tard à mon goût. Il semble comprendre... Je ne me suis pas débattue, je n'ai même pas crié ! Où est donc passée la furie avec laquelle il vient de se marier ? Où est donc passée la furie qui n'a cessé de se rebeller ? Posant les mains sur mon visage, il tâte mes lèvres. Surpris, il se redresse d'un bond. Il veut allumer la lumière mais il n'y a plus d'ampoule. Paniqué, il cogne alors à la porte, restée fermée à clé. Lorsqu'il découvre la mise en scène scabreuse orchestrée par ma mère, il se décompose. Face à ce spectacle désolant — je suis nue, bâillonnée, les bras et les jambes en croix —, Mustapha Zenka, ému, désemparé, se met à genoux tout en me libérant de mes liens.

— Pardon Jamila, je n'y suis pour rien, je ne voulais pas en arriver là, je ne savais pas, pardon !

Je ne réponds pas. Je me contente de détourner la tête. Les femmes hurlent leur joie au son de youyous stridents. Je demande qu'on me laisse me reposer. L'unique personne dont j'ai besoin n'est pas là, ma mère n'a pas mis un pied dans la pièce. Malgré son geste ignoble, j'aurais pu lui pardonner de m'avoir ainsi trahie. Dans les moments de douleur intense, il n'y a qu'une seule femme qui puisse toucher votre sang et panser vos blessures. Ma mère ne viendra pas. Finalement, j'en souris presque, je ne suis pas si seule, puisqu'il y a mon chagrin...

Comment aurais-je pu un jour imaginer, moi qui ai vécu en France depuis ma naissance, loin de ces pratiques barbares, que je serais à mon tour, comme tant d'autres, mariée de force avec un homme que je n'aime pas, dans un pays qui reste pour moi le plus merveilleux de tous : l'Algérie ? J'étais tellement heureuse de faire ce deuxième voyage en compagnie de ma famille ! Sans me douter un seul instant du piège qui m'attendait à mon arrivée...

*
* *

La première rencontre avec la patrie de mes parents date de mon adolescence. Nous quittons Noisy-le-Sec à deux voitures, sous un soleil de plomb. Dans la Renault 16 verte de mon demi-frère Belkacem, installée à l'avant, je découvre la chanson de Mike Brant *Dans la lumière,* qui restera à jamais associée à ce voyage initiatique dont je garde un souvenir merveilleux, celui d'un bonheur furtif. Ma mère, derrière nous, fait semblant de dormir afin de permettre à Belkacem de fumer, car il n'ose le faire lorsqu'elle a les yeux ouverts, de peur de lui manquer de respect.

Dans le rétroviseur, j'aperçois la Ford Escort de mon cousin Loucif, accompagné de mon autre frère, Madjid, qui va avoir quatorze ans. Nous traversons ensemble le sud de la France, fenêtres grandes ouvertes, l'avant-bras sur la portière, le vent chaud s'engouffrant dans nos cheveux. Puis ce sera l'Espagne et, au terme d'un voyage de trois jours, le Maroc. De là, nous gagnerons l'Algérie...

Au poste de douane d'Oujda, je sors précipitamment du véhicule, heureuse de découvrir enfin le berceau de mes origines ! Je m'adresse à l'un des hommes en uniforme, celui qui vient de nous demander si nous avions quelque chose à déclarer, et lui demande, pleine d'émotion :

— C'est bien ici l'Algérie ?

Le douanier lance un regard surpris à ma mère. Souriante, celle-ci lui explique que c'est la première fois que je viens dans ce pays. Je m'agenouille, mes doigts caressent le sol et s'emparent d'une poignée de terre que je contemple, comme s'il s'agissait d'une révélation. J'en mets quelques grains dans ma poche, que je serre compulsivement. Nous reprenons la route.

Le Maroc m'a paru sec et aride, l'Algérie m'en met plein la vue. Sous le choc, je regarde de tous côtés, totalement séduite par ces plaines verdoyantes qui s'étalent à l'infini. Ici, la végétation, gavée d'eau et de soleil, se montre généreuse. En un mois, j'ai eu la chance de découvrir ce que certains de mes compatriotes ne verront jamais de leur vie : la garrigue, les collines boisées, la rocaille, les terres brûlées, mais aussi les arbres qui croulent sous les amandes et les figues gorgées de sucre, les caroubiers dégarnis, des cascades nichées au creux d'une touffe de lauriers roses, abritées par des rochers plus gros que des maisons.

C'est dans cet univers bercé de rouge, de vert, de blanc et d'ocre que le vrai goût de l'huile d'olive, épais, si dense, claque à mon palais. Les femmes, parées de robes aux motifs chatoyants, l'utilisent à tout moment pour concocter des repas qui finissent par me donner la nausée. Ces boulettes, cette viande, ces pâtisseries ! Heureusement, Belkacem m'emmène me repaître de sandwichs dans lesquels je mords avec plaisir. C'est lui également qui, lors de ce premier voyage, veille sur moi, m'accompagne à la plage — je n'ai pas le droit de m'y rendre seule — et me fait visiter la région de mes parents, celle de Bejaïa et de Biskra.

Notre retour à Noisy-le-Sec, au mois de septembre, me laisse sur ma faim. Il y a tant de choses que je n'ai pas eu le temps de découvrir... Je ne sais pas encore que les traditions de ce pays vont anéantir mes rêves d'adolescente, je ne sais pas encore que, même élevée en France, une fille se doit d'être mariée pour l'honneur. Je ne sais pas encore que le destin va me frapper et qu'il aura le visage de Mustapha Zenka.

*
* *

Je n'avais que seize ans et demi lorsqu'il m'a demandée en mariage pour la première fois. Un jour qu'il rendait visite à ma mère dans notre maison de Noisy-le-Sec, il avait aperçu des photos de moi sur le buffet de la salle à manger, il paraît que c'est à cet instant précis qu'il était tombé amoureux. Il a profité de mon opération de l'appendicite pour accompagner ma mère à l'hôpital afin de faire ma connaissance, en chair et en os ! Ma longue chevelure, sombre et épaisse, nouée en deux tresses, mes yeux vert d'eau et ma bouche charnue ont fini de le persuader que j'étais la femme de sa vie. Il a présenté sa première requête à ma mère qui l'a trouvé parfait dans le rôle du gendre idéal.

Pour moi, il n'en était pas question ! Son visage blanc comme un linge ne m'inspirait pas confiance, rien ne me plaisait en lui, ni ses boucles crépues, ni son regard inexpressif. Il était pourtant issu d'une bonne famille... Riche famille dont je me fichais éperdument.

Mustapha Zenka a vite compris que je n'avais pas un caractère docile et que je n'étais pas du genre à plier facilement. Il savait que la partie serait dure à jouer. Il n'a jamais désespéré. Il a même été jusqu'à m'écrire : « L'amour, c'est comme l'appétit, ça vient en mangeant ! »

Comme je me refusais à lui parler, m'envoyer des lettres restait le seul moyen de pouvoir m'atteindre. Encore à mille lieues d'imaginer le destin qui pesait sur moi, je montrais ses lettres à mes copines et ensemble nous en riions.

Ma mère connaissait mes sentiments à l'égard de cet homme dont je ne voulais pas, mais elle a tout de suite trouvé la parade :

— Quand un homme aime une femme, c'est une reine. Quand une femme aime un homme, c'est une chienne.

Je n'ai compris le sens de cette phrase que trente ans plus tard et je sais à présent que, d'une certaine manière, elle avait raison. Pas au point, cependant, de m'obliger à épouser un homme qui me rebutait.

De toute façon, mon cœur était déjà pris. Lounes Matta, mon voisin de Noisy-le-Sec, âgé de seize ans, occupait toutes mes pensées. Je le trouvais délicieusement beau, lui qui jouait du trombone tous les dimanches matin, lui pour qui j'apprenais par cœur le Larousse du parfait jazzman. Lorsque je faisais le ménage, j'ouvrais les fenêtres en grand et je le voyais qui m'observait, je lui souriais, c'était tout ce que je pouvais lui donner. Lui aussi m'a demandée en mariage, à deux reprises, sans obtenir de réponse de ma mère, qui avait d'autres projets pour moi. Lounes a tout de même réussi à m'embrasser alors que nous étions penchés tous les deux sur la 304 de son père, à la recherche d'un écrou égaré.

Je me souviens de la manière dont il a soulevé mon menton, nos visages à l'abri des regards, sous le capot. J'étais au paradis lorsque ses lèvres ont effleuré les miennes. Insouciante, naïve et persuadée que ma mère finirait par se rendre à l'évidence, je me voyais déjà faire ma vie avec celui que tout le monde appelait Loulou et qui faisait battre mon cœur. Mes origines étaient algériennes mais j'avais été adoptée par la France. Mon destin serait donc celui d'une jeune fille comme les autres... Amoureuse, mariée à l'homme qu'elle aime, ils furent heureux et eurent beaucoup d'enfants. Comme dans les contes de fées !

Ma mère, devant mon obstination à nier l'existence de Mustapha Zenka, n'en toucha bientôt plus un mot. J'ai donc vite oublié les avances de cet homme dont mes frères et moi avions pris l'habitude de nous moquer. Dans notre maison de Noisy, le salon, curieusement, se trouvait au premier étage alors que la porte d'entrée, elle, donnait sur une immense cuisine aux placards blancs, située au rez-de-chaussée. Lorsque Mustapha Zenka nous rendait visite, il lui arrivait de passer plus d'une heure dans cette pièce sans rencontrer âme qui vive. Ma mère, que je n'avais pas prévenue de la présence de l'ennemi au sein de notre famille, ne pouvait descendre le saluer. Cela nous faisait mourir de rire... et renforçait mon mépris. Comment aurais-je pu aimer un homme capable de rester seul dans une cuisine sans demander pourquoi on le laissait patienter si longtemps ? Jamais il n'a posé la moindre question, pas même un *y a quelqu'un ?*

Ce que je ne savais pas, c'est que derrière mon dos, ma mère négociait âprement ma dot pour soixante-dix mille francs. Elle était pressée de me voir partir, de me voir « casée » comme toute jeune fille doit l'être, c'était une question d'honneur.

Nos relations s'envenimaient. Maman me frappait de plus en plus souvent. Elle m'avoua plus tard qu'en agissant ainsi, elle pensait me dégoûter pour que je quitte la maison au plus vite, enfin mariée, car à dix-huit ans, je représentais un fardeau difficile à gérer.

Pourtant, malgré toutes les humiliations dont j'étais victime, des plus sournoises aux plus violentes, je restais profondément attachée à ma mère. Je croyais parfois la haïr, mais en fait, je ne cessais de l'aimer profondément. C'est cet amour sans faille qui a fait de moi une jeune fille crédule. Impossible d'imaginer que je serais un jour victime d'un mariage forcé, ourdi par maman ! Non, elle n'oserait pas me faire ça, pas elle...

Mais le piège se referme sur moi. Jouant sur la corde sensible — la famille, qui représente tout à mes yeux —, ma mère organise un deuxième voyage en Algérie, sous prétexte d'aller chercher Rafik, mon petit frère âgé de treize ans, en vacances là-bas. Et puis il y a le baptême, celui de mon cousin Mehdi, le fils de mon oncle Amachi, un des frères de maman, laquelle se montre de plus en plus impatiente de nous voir partir.

— Nous ne resterons que deux ou trois jours. Viens avec nous, Jamila !

Ces paroles n'ont aucune raison de m'alarmer, j'accepte avec joie.

Avant le départ, nous passons un après-midi chez Tati, à Barbès, pour faire le plein de vêtements et de babioles que nous pourrons distribuer autour de nous, à Biskra, le village où est né mon beau-père. Nous profitons de notre présence à Paris pour passer voir ma cousine Zineb, qui a un an de plus que moi et que j'aime beaucoup. Elle nous accueille dans son petit appartement et déjà je la sens malheureuse. A demi-mot elle nous parle de son mari, un sale type qui la réveille à deux heures du matin pour lui faire laver son linge. Elle est battue, semble-t-il, plus souvent qu'à son tour. Ma mère ne fait aucun commentaire, moi non plus. Mais je suis scandalisée par ces pratiques ancestrales qui obligent les femmes, et elles seules, à endosser le poids des traditions et de leurs dérives. Je me répète à l'envi : « Cela ne m'arrivera pas, je serai assez forte pour m'opposer... »

J'ignore encore que le prochain train pour l'enfer

vient d'entrer en gare et que mon nom figure sur la liste des passagers.

*
* *

Le 19 juillet 1973, je m'envole donc le cœur léger vers l'Algérie, accompagnée par ma mère et Hamid, un des cousins de mon beau-père Salem, décédé en 1967. Tous les autres membres de ma famille, excepté Amachi, mon oncle préféré, sont exclus et ne feront pas partie de la « fête ». Amar et Belka-cem, mes deux frères chéris, les deux soleils de ma vie, ont été tenus à l'écart des négociations car ma mère sait qu'ils auraient immédiatement opposé leur veto. Nés en France, ils n'ont pris de la culture musulmane que le meilleur. C'est toujours l'homme qui, avec fermeté, dirige la maison, mais sans pour autant que le respect qu'on lui doit justifie une trop grande intransigeance.

A notre arrivée, nous sommes logés tous les trois à Alger, rue Hassiba-Ben-Bouali, chez une de mes tantes qui, informée par ma mère de son projet — je l'ai appris plus tard —, garde tout de même le silence afin de ne pas provoquer de drame.

Le lendemain soir, nous repartons en car pour Bis-kra. Le voyage est éprouvant, je ne ferme pas l'œil de la nuit, il fait une chaleur épouvantable, les fenêtres sont ouvertes mais il n'y a pas un souffle d'air, je porte une jupe courte, mes cuisses collent au cuir de mon fauteuil. Mon oncle Hamid ronfle, ma mère somnole, le visage tourné vers moi. Sa res-piration, lente et régulière, m'apaise.

Je prends sa main, que je garde longtemps dans la mienne, sans me douter que ce sera elle qui, dans quelques jours, me portera le coup fatal.

Après cinq cents kilomètres d'un trajet pénible, lorsque nous descendons du car, mon frère Rafik me saute dans les bras. Je l'embrasse dans le cou, j'ébouriffe sa chevelure, heureuse de le revoir. Nous nous installons chez mon oncle Latif et sa femme Lamia.

Là, pendant deux semaines, le temps s'arrête. Le baptême de Mehdi se fait attendre. Je me demande ce qui se passe. De plus en plus inquiète, je pose la question à ma mère qui cherche à me rassurer.

— Bientôt, ma fille, bientôt...

Les journées s'étirent et se ressemblent. Je reste à la maison, j'écris des dizaines de lettres, à mes frères, à mes amies, à mes voisins car nous nous connaissons tous à Noisy, dans notre rue aux allures de village. Je leur écris pour leur dire que j'ai l'impression que quelque chose se trame contre moi.

Personne ne recevra mes appels au secours, mon courrier ne sera jamais envoyé. Il m'est impossible de téléphoner, la nouvelle se répandrait comme une traînée de poudre. Qu'une *roumia,* une fille de chez nous qui vit en France, appelle à l'étranger et c'est l'Algérie entière qui est au courant. A Biskra, dans le village de mon beau-père, c'est à peine si l'on aperçoit les yeux des filles voilées. Les hommes, brûlés par le soleil, assis en rang d'oignons, ne parlent qu'entre eux. Désespérément seule, je n'ai personne à qui me confier...

Enfin, le 2 août, je me dis que je vais pouvoir

m'amuser un peu... On célèbre le mariage d'un des cousins de la famille avec une Chaoui, une Berbère qui parle une sorte de dialecte fait d'un mélange de kabyle et d'arabe.

Je suis de la fête, et bien décidée à me distraire, quand le ciel me tombe sur la tête : Mustapha Zenka, sorti depuis longtemps de ma mémoire, fait lui aussi partie des invités. Lorsque nos regards se croisent, il me lance le plus beau de ses sourires, auquel je ne réponds pas car je comprends soudain la raison de sa présence sur le sol algérien. A ce moment, j'ai conscience du piège qui m'est tendu, même si je ne peux pas encore y croire, moi qui ai toujours clamé haut et fort n'éprouver aucun amour pour cet homme dont je ne veux pas.

Cette pensée ne me lâche pas. Je tente de me raisonner : bien sûr il y a la religion, bien sûr il y a les coutumes et « l'honneur », mais ma mère est incapable d'avoir manigancé tout cela ! Paniquée, les tripes nouées, je la cherche des yeux, je vais la trouver, il faut absolument que je sache. Et là, dès que je lui pose la question, avec un naturel déconcertant, ma mère avoue ! Maintenant que je suis entre leurs mains, la vérité peut bien m'exploser à la figure. Aucune importance, tout est réglé.

— Tes oncles ont donné leur parole d'homme. Pas question que tu les déshonores. Ils ne peuvent pas revenir sur la *Fatiha*.

La Fatiha ! Elle a donc accepté le contrat moral traditionnel qui me « vend » à ma belle-famille ! Celle-ci me veut ! Moi, et bien sûr, ma virginité car je dois être « neuve » à la livraison !

Je pleure de rage et me renferme dans un mutisme total dont je ne sors que lorsque mon oncle Amachi nous rejoint deux jours plus tard. J'ai confiance en lui, il s'est toujours montré bienveillant à mon égard. Son arrivée est comme une bouffée d'air frais, je suis certaine qu'il va m'aider, intervenir, me sortir de là. Mais Amachi refuse de jouer les magiciens. Il s'étonne même de me voir si contrariée par l'événement.

— Pourquoi ne m'en as-tu pas parlé en France ? A présent, il est trop tard, je ne peux plus rien faire pour toi !

Lui en parler en France ? De ce complot dont je ne savais rien ?

— J'ai demandé à ta mère que tu participes à notre réunion de famille. Elle a refusé en prétextant que tu étais trop timide, trop pudique, que tu ne voudrais pas parler devant nous tous.

Ces paroles sentent la magouille à plein nez et cette odeur de sabotage me donne envie de vomir. Amachi a toujours eu beaucoup de pouvoir sur sa sœur qui lui obéit au doigt et à l'œil. S'il avait vraiment voulu que je fasse partie des négociations, il lui aurait suffi de m'imposer. De plus, mon oncle me connaît bien... Moi timide ? Me laisser marier de force ? Je suis certaine que dans son esprit, il n'a jamais été question que je prenne la parole. Amachi, comme les autres, fait partie du clan des intégristes du cœur, ceux qui pensent que les sentiments n'ont rien à voir avec la vraie vie.

C'est ainsi en tout cas que j'apprends de quelle manière je suis devenue le dindon de cette farce qui ne fait rire personne, surtout pas moi. Ma mère a joué en secret pendant plus de deux ans, pensant que, le moment venu, je serais dans l'obligation de céder.

Elle a tellement bien fait les choses que ma robe de mariée, ainsi que mes deux bagues, celle de fiancée puis d'épouse, nous ont suivis dans les bagages elles aussi, choisies par mes soins, mais sans que je sache qu'elles m'étaient destinées.

Un soir de novembre, en effet, maman et moi avions feuilleté un catalogue de vente par correspondance.

— Qu'est-ce qui te ferait plaisir ? Cette robe-là ? Regarde cette alliance, comme elle est belle !

Je ne me suis pas méfiée. Etonnée par tant de merveilles, j'ai pointé mon doigt ici et là, sous les yeux attentifs de ma mère qui s'apprêtait à retourner l'arme contre moi. Elle a même été jusqu'à confier à Mustapha Zenka que mon rêve était de passer ma lune de miel en Grèce.

Pensant me faire plaisir, mon « mari » m'offrira un billet d'avion. Nous n'irons pourtant jamais à Athènes, ni lui, ni moi...

*
* *

Lorsque l'on m'emmène de force dans la maison de la famille Zenka, le 5 août 1973, je suis bien décidée à faire part de mon écœurement. J'ai toujours été d'un naturel sauvage et rebelle. Ce n'est pas aujourd'hui que ma mère va me dompter, ses tentatives d'intimidation ne me font pas peur.

Si je dois être conduite vers ce que je considère

comme l'humiliation suprême, alors j'irai. Mais pas en silence, non, pas en silence. Je les regarde tous, droit dans les yeux.

— Si vous voulez me marier, mariez-moi. Avec qui vous voulez, un voisin, le clochard du coin, mais pas avec Mustapha Zenka. Tu entends, Mustapha Zenka ? Je ne t'aime pas et je ne t'épouserai pas !

A la surprise générale, ma voix est montée d'un cran, la nervosité se mêle à l'agressivité. Zenka me fixe mais ne dit rien. En son for intérieur, il sait que ce sera moi et pas une autre.

Cette détermination sans faille aura raison de ma résistance le 10 août, date de mon mariage. Ce jour-là, je suis assise dans la maison de mon oncle Latif, prostrée. Je n'ai plus conscience des heures qui passent, mes journées s'évaporent dans le désespoir et l'ennui. Amachi vient alors me chercher, il est temps pour moi d'assister à mes funérailles.

Dans ma main, il y a un mouchoir que je serre de toutes mes forces. Je porte une jolie robe blanche fleurie, à manches courtes. Je suis incapable de faire les premiers pas, mes jambes ne me portent plus.

Amachi me tire vers la voiture, celle qui doit nous conduire à la mairie. A l'entrée du centre-ville, le véhicule ralentit. Mon sang ne fait qu'un tour, ma résistance n'est pas encore épuisée, j'ouvre la portière et je me sauve. Je n'ai jamais couru aussi vite, je souffle, l'air est irrespirable. Soudain, je remercie Dieu : à deux pas se trouve le commissariat. Je m'y engouffre à toute vitesse et raconte, haletante, mon histoire au premier policier que je rencontre sur mon passage. Je lui explique en pleurant le cauchemar que je vis depuis mon arrivée. Je suis tellement émue que je ne remarque pas son air indifférent. Je m'accroche à l'encolure de ma robe que je ne cesse de tripoter.

— Je m'appelle Jamila, j'ai dix-neuf ans, j'habite en France. En France, on n'a pas le droit de marier une fille contre son gré, je demande la protection de la loi algérienne, mes frères sont restés à Noisy, je vous en supplie, prévenez-les !

La réponse qui me parvient est un coup de massue supplémentaire. L'homme au regard vide de tout sentiment m'achève.

— Ici, les parents ont droit de vie et de mort sur les enfants !

J'ai à peine le temps de franchir le seuil du commissariat que je sens une main épaisse agripper mon poignet. Mon oncle Amachi vient de me retrouver, la ville n'est pas bien grande, large comme un mouchoir de poche. Il me traîne jusqu'à la mairie, toute proche. Me voilà face à Mustapha Zenka, qui ne bronche toujours pas, impassible, égal à lui-même. Il n'y a pas de discours, l'officier d'état civil est au courant de la situation, il faut faire vite, d'autant que je refuse catégoriquement de parapher l'acte de mariage. Amachi me connaît depuis ma plus tendre enfance. Il sait que je vais faire tout ce qui est en mon pouvoir pour retarder la noce. Cet homme rigide a horreur du désordre et des éclats de voix. Il m'empoigne fermement.

A cette époque, je ne suis pas bien épaisse, mes cinquante kilos supportent tout juste mon mètre soixante-quinze. Mon oncle me fait mal, ses doigts, petits et trapus, s'accrochent à mes os, il se penche et répète tout bas, d'une voix menaçante :

— Tu vas signer !

— Jamais de la vie !

Alors ce sont huit mille dinars qui transitent par les mains de l'officier de l'état civil, lequel accepte de faire un trait sur ses principes. Amachi ose signer à ma place, et personne ne conteste.

Je suis mariée.

Le registre de la mairie est signé, mais les festivités ne commenceront que dans trois jours, le 13 août exactement. En attendant, je reste dans la maison de mon oncle Latif. Je m'isole dans un coin tout en sachant que cette solitude dont j'ai besoin pour rassembler mes idées sera de courte durée. Les préparatifs de la cérémonie battent déjà leur plein. J'observe ce remue-ménage avec horreur. L'idée de me retrouver au centre des réjouissances alors qu'il s'agit d'une union factice, arrangée contre mon gré, est un véritable crève-cœur.

Je passe par des hauts et des bas, le désespoir faisant place au détachement le plus total. A certains moments, la panique m'envahit. Mon avenir n'est alors plus qu'un trou noir dans lequel je ne cesse de m'enfoncer. A d'autres, au contraire, je me dis qu'il est impossible que ma vie de femme prenne fin aussi tragiquement. Une bonne fée va sûrement se pencher sur moi et anéantir ce mauvais sort.

J'ai raison d'y croire puisque la nuit même, alors que je tente de trouver le sommeil sur le toit de la maison — en Algérie, la chaleur est parfois si pesante que les gens passent la nuit sur les terrasses —, j'entends des pas qui se rapprochent. Instinctivement, je me contracte.

— Jamila, où sont tes papiers ? Il faut que tu rentres en France !

Je reconnais la voix de mon cousin Nourredine dont je distingue à peine la silhouette. Il m'aide à me lever. Je serre sa main et je m'y accroche, pleine d'espoir. Je voudrais pouvoir lui dire à quel point sa présence providentielle me réjouit. Je voudrais pouvoir lui dire combien je suis heureuse de constater que ma famille n'est pas composée que de monstres... Mais le temps presse. A pas feutrés, nous descendons dans la maison vide. En effet, ma mère et Amachi veillent chez les Zenka. Il n'y a qu'une jeune cousine pour me surveiller. Dans le noir le plus total, Nourredine et moi prenons toutes les précautions possibles afin de ne pas la réveiller. Mais la serrure de la valise de ma mère, dans laquelle se trouvent mes papiers d'identité, résiste. J'aurais dû me douter qu'elle serait fermée à clé. Que faire à présent ? Forcer la serrure ? Je perds mes moyens et commence à m'affoler. Le moindre faux pas et nous sommes démasqués, avec toutes les conséquences désastreuses que cela risque d'engendrer.

Nous n'avons pas fait de bruit et pourtant, malgré nos chuchotements, des cris au loin percent soudain le silence. Ils viennent du fond de la maison. Affolée, je pousse Nourredine violemment.

— Sauve-toi, ils ne doivent pas te trouver ici, vite !

Mon cousin parvient à s'enfuir de justesse par l'escalier qui mène à la terrasse. Avant qu'il ne s'échappe, je le remercie dans un souffle. Depuis le début, il est le seul à m'avoir tendu la main.

Tout à coup, une lumière crue m'aveugle. L'éblouissement est tel que mes paupières clignent sans pouvoir s'arrêter. Lorsque je redresse la tête, encore sous le choc, j'aperçois ma cousine germaine sur le pas de la porte, bientôt rejointe par son père qu'elle s'est empressée d'appeler. Tous deux me fixent, l'air victorieux. Leurs sourires en disent long sur leurs pensées : « Tu ne vas pas t'en sortir si facilement. »

Ma mère et Amachi arrivent à leur tour, excités par l'agitation ambiante. D'abord stupéfaits de me voir plantée là, ils comprennent rapidement que je ne me suis pas levée pour admirer le clair de lune. Une fois de plus, je leur démontre que je résiste, ce qui les rend fous de rage. Ma mère et mon oncle m'invectivent, ils hurlent et me font pitié.

— Dis-nous qui était avec toi dans cette pièce ! Halima a tout entendu.

Je ne réponds pas. Qu'ils ne comptent pas sur moi pour dénoncer l'unique personne qui a tenté de me sortir de ce mauvais pas. Même sous la torture, je ne parlerai pas... Ils peuvent bien me battre. J'ai reçu suffisamment de coups dans ma vie pour ne pas avoir à redouter une raclée supplémentaire. Ils ont beau pester et m'insulter, je persiste et m'enfonce dans le mutisme le plus complet. Découragés, ils finissent par abandonner la partie.

Mais j'ai à peine le temps de me réjouir du mauvais tour que je viens de leur jouer.

Le lendemain matin, plus tôt que prévu, mon oncle Amachi m'accompagne dans la maison d'en face, celle de ma belle-famille, de peur que je ne lui échappe, pour de bon cette fois-ci. Après une correction cuisante, il me traîne et me pousse brutalement chez les Zenka.

— Prenez-la, elle est à vous !

De qui parle-t-il ? De sa nièce préférée, qu'il a souvent prise dans ses bras, ou d'un paquet dont on se débarrasse parce qu'il devient trop lourd ?

A présent, j'appartiens au clan adverse.

Avec moi, aucun bagage. Ma valise ne sera déposée qu'en milieu d'après-midi. Il est dix heures trente du matin, je reste debout devant ces femmes que je ne connais pas et qui m'observent. Un sentiment de honte m'envahit, l'impression d'avoir été déposée comme une moins que rien, d'être devenue une orpheline, dépossédée de ce qu'elle a de plus cher au monde. A mes côtés, aucun de mes frères, même pas ma mère ! Amachi est sur le point de repartir, drapé dans son honneur de mâle. Avant qu'il ne me quitte, je lui lance, comme par défi :

— Je divorcerai !

— Si tu divorces, tu n'es plus ma nièce.

Sa voix est implacable mais je veux avoir le dernier mot.

— C'est sans importance, à partir d'aujourd'hui, je ne suis plus ta nièce !

Il ne me reste plus qu'à attendre que la fête commence.

Les femmes de la famille me conduisent dans une chambre sans un mot de compassion. Je m'écroule sur le lit. Au-dehors, les moutons sont égorgés pendant que l'on prépare le henné. Plus tard, alors que je n'ai pas prononcé un mot depuis des heures, on m'emmènera « en ville » pour subir l'épreuve du hammam. Après ce que je viens de vivre, tout m'est égal, je me laisse faire sans opposer aucune résistance.

On m'épile de haut en bas, mon sexe n'y échappe pas, de même que mes sourcils. La pâte, une sorte de cataplasme de fabrication artisanale, arrache mes poils avec une précision redoutable. Les jeunes filles chantent et apportent des bougies pendant qu'on me lave à grande eau. Enfin, c'est le rite de la purification. Les femmes veulent que je mange les œufs de la fête du Henné ainsi que le foie et le cœur, grillés, d'un des moutons égorgés. Ecœurée, je n'ouvre pas la bouche. Chez le coiffeur, mes cheveux longs sont lissés et l'on me maquille. De retour à la maison, on m'habille. C'est la nièce de Mustapha Zenka qui pose le voile sur ma tête. Elle a travaillé sans relâche toute la nuit pour que la dentelle soit à la hauteur de l'occasion, recouverte de petits boutons de rose séchés. La vie est donc si mal faite ? Je suis obligée d'épouser un homme pour lequel je n'ai aucun sentiment alors que d'autres jeunes filles aimeraient tant être à ma place. C'est le cas de Kheira, la nièce de ma tante Lamia, disgracieuse et pauvre de surcroît, obligée de coudre et de vendre des tapis pour constituer son trousseau. Je suis triste pour moi, et pour elle surtout, qui rêve d'avoir l'homme dont je ne veux pas. J'enrage de me voir la première servie, moi qui n'ai rien choisi au menu...

Engoncée dans ma robe de mariée — celle que j'ai moi-même choisie sur catalogue —, je monte dans une Ford recouverte de fleurs de toutes les couleurs. C'est Mustapha Zenka qui conduit, il est fier et heureux, les coups de klaxon dont il bombarde la ville semblent l'attester. Je suis assise à l'arrière du véhicule, à côté de ma mère dont je me refuse à croiser le regard. Mes yeux lancent des éclairs, mon ventre se tord, noué par l'angoisse et le désespoir. La musique se répand dans toutes les rues, les femmes chantent et dansent, les hommes tirent des coups de fusil.

Après ce tour d'honneur, nous regagnons la maison familiale. Mustapha Zenka porte un burnous, son manteau de fête. Devant tout le monde, souriant, il me passe les bagues au doigt, prend ma main et tourne autour de moi, comme le veut la tradition. De mon côté, je garde la tête haute, le visage impassible. Je ne suis même pas sûre qu'il s'agisse bien de moi. Je suis probablement en train de rêver, oui, tout ceci n'est qu'un mauvais rêve...

Les femmes mettent des couteaux et des cuillères en fer dans un bocal qu'elles secouent, afin de chasser le mauvais sort. C'est dans ce tintamarre que nous pénétrons dans la chambre nuptiale, Mustapha et moi. Des bougies ont été disposées de toutes parts, la chaleur n'a pas baissé d'un degré depuis le début de l'été, une bouteille d'eau minérale en verre nous attend, entourée de petits gâteaux et de thé.

Mustapha Zenka me fait asseoir sur le lit. Depuis

des heures, je vis telle une automate, mon cœur a pris le large, mes gestes sont mécaniques. Mon mari ôte mes gants, mes chaussures, mon voile. Puis passe derrière moi afin de dégrafer ma robe. Mais au moment même où ses mains font glisser la fermeture Eclair, j'ai la sensation étrange qu'il va m'écarteler et se fondre en moi. Cette vision d'horreur me fait sursauter, d'un seul coup je me réveille, en un clin d'œil je suis debout, je me fais menaçante, je pointe mon doigt sur lui, les nerfs à vif :

— Toi, tu ne me touches pas, tu m'entends, tu ne me touches pas !

Il ne comprend pas ma réaction, soudaine et violente. Il sait, depuis le début, que je n'ai aucun sentiment pour lui, mais il pensait sans doute que, le moment venu, j'accepterais de me laisser faire. Il tente de m'apaiser.

— Jamila, je ne te veux aucun mal, n'aie pas peur.

S'il croit qu'il suffit de m'amadouer pour s'allonger sur moi, il se trompe ! Pour s'offrir ma virginité, il faudra que cet homme me tue, je préfère encore la mort à ce rite sexuel dénué de partage et d'amour. Alors je m'empare de la bouteille d'eau minérale et dans un geste de haine, je fais exploser le goulot. L'eau gicle partout, je place sous ma mâchoire le morceau de verre que je tiens fermement, ma peau craque, le sang coule.

— Un pas de plus et je me tranche la gorge !

Mustapha Zenka transpire comme un éléphant à qui l'on aurait fait faire le tour du village au pas de course. Je regarde cet homme velu qui s'approche, la chemise entrouverte. Depuis ce soir-là, je ne supporte que les hommes imberbes, la seule vue d'une moustache me fait frémir.

La famille et les invités attendent derrière la porte, ils trépignent et s'impatientent. Ça m'est égal, pendant plus d'une heure, les jambes tremblantes, je tiens Mustapha Zenka à distance, et s'il avait fallu que j'en finisse, alors je l'aurais fait. Enfin on cogne à la porte, Zenka se précipite et laisse passer sa tante, qui comprend très vite, en me voyant ainsi déterminée, que je ne me suis pas laissé déflorer. Mais il faut faire bonne figure devant les invités, c'est une question d'honneur ! Alors la tante, indisposée, va se dévouer. Avec son propre sang, elle humidifie un bout de chiffon bientôt lancé triomphalement à la tête des curieux qui n'attendaient que cela. Les youyous retentissent puis les invités, satisfaits, se dispersent. Pas la famille, à qui rien n'a échappé et qui refuse de déguerpir.

De mon côté, la tension retombe. Je lâche le bout de verre et je m'écroule dans un coin de la pièce, complètement anéantie par la pression qu'il a fallu maintenir entre cet homme et moi. Je viens de gagner la première manche mais la partie est loin d'être finie. Je vais devoir remonter sur le ring... En aurai-je le courage ? Tremblant de froid, claquant des dents, le dos parcouru de frissons, je suis presque à bout de forces, un des deux pieds dans la tombe. Les femmes, comprenant mon épuisement, me laissent une nuit de répit...

Mais le lendemain, je dois de nouveau faire face à une armée qui m'a déclaré la guerre, que je sais perdue d'avance.

Et le surlendemain...

Le jour de ma mise à mort, je porte un déshabillé blanc, noué sous un de mes seins par un bouton-pression. Je me laisse coiffer par des jeunes filles avec qui je bois du thé. Elles sont tellement gaies que je ris moi aussi, j'en oublie presque le drame que je suis en train de vivre. Comparé à ce que j'ai subi la veille, leur contact spontané et chaleureux réchauffe mon cœur meurtri. Mais mon apaisement fait place à la stupéfaction lorsque je les vois se retirer. Mustapha Zenka est de retour ! Dans la chambre, aujourd'hui, aucune bouteille d'eau pour me venir en aide... Je lui réserve un accueil glacial. Depuis le début, il se maîtrise parfaitement et garde son calme en toute circonstance. Ses paroles, à nouveau, se veulent douces et rassurantes.

— Jamila, il va falloir faire le nécessaire... Depuis trois jours, les gens parlent. De toi d'abord. Ils pensent que tu n'es pas vierge. Mais aussi de moi. Ils disent que je ne suis pas un homme. Je ne veux pas te forcer, je prendrai le temps, je veux juste faire le nécessaire.

Ce qu'il nomme « le nécessaire » n'est rien d'autre que la prise de ma virginité ! Mustapha Zenka m'a épousée de force, soi-disant par amour et la seule expression de son désir se résume à « faire le nécessaire » ! Décidément, ce type me fait de plus en plus horreur !

— Si tu veux me toucher, d'abord tu me tues. Tu m'as épousée alors que tu savais que je ne t'aimais pas. Qu'est-ce que tu veux, Zenka ? Qu'est-ce que tu veux de moi ?

Pour la première fois, je le vois frémir, sur le point de perdre le contrôle de la situation. Tendu, terriblement nerveux, il me lance une réponse à laquelle je ne m'attendais pas.

— Ce que j'aime ? Tes cheveux !

Je ne me laisse pas le temps de réfléchir. Le hasard faisant parfois bien les choses, je découvre une paire de ciseaux à portée de ma main, dont je m'empare.

— Mes cheveux ? Tiens, je te les donne !

Les deux lames s'ouvrent, je suis sur le point de les refermer sur ma chevelure luxuriante lorsque Mustapha pousse un cri.

— Non ! Tu es folle ! Surtout ne fais pas ça !

Les bras levés vers le ciel, il s'approche, voulant m'en empêcher. Pensant qu'il a l'intention de me frapper, je me précipite vers la porte de la chambre. Et je me retrouve complètement nue devant sa famille, mon déshabillé s'étant ouvert alors que je tentais d'échapper à mon bourreau.

Mustapha Zenka, furieux, appelle les femmes. D'une voix perçante, il lance un *djib el mouss* vengeur :

— Qu'on m'apporte un couteau !

Stupeur générale ! Une épouse arabe se refuse à son mari... Zenka est déshonoré et les femmes ne peuvent plus tolérer une telle situation.

Ça suffit ! J'en ai trop fait, j'en ai trop dit, l'affront est inacceptable, je viens de dépasser les limites. Il n'y a plus qu'à employer la force.

C'est donc ligotée et bâillonnée que j'ai commencé ma vie de femme, tout en sauvant l'honneur de la tribu, à qui j'ai donné la preuve de ma virginité.

Mais cette blessure qui m'a été infligée restera béante pendant de longues années, comme impossible à cicatriser. Où sont mes rêves de jeune fille « française », mes fous rires avec les copines du collège, le baiser furtif de Lounes, celui que j'aime en secret ?

*
* *

Le lendemain de cette « cérémonie », je revois ma mère, accompagnée de Mustapha Zenka et du cousin Hamid. Vêtue d'une robe traditionnelle qui cache mes chevilles, je porte les bijoux de la famille de mon « mari » car aux yeux de tous, je suis enfin une fille propre. L'honneur est sauf ! Rien d'autre n'a d'importance. Surtout pas ma douleur, celle d'avoir été violée, celle d'avoir été trahie. Je n'intéresse plus personne. J'attends une parole réconfortante, un geste de leur part, qui ne vient pas. Je prononce une fois de plus ces mots qui ont provoqué la rupture entre mon oncle Amachi et moi :

— Vous avez eu ce que vous vouliez ? Vous savez désormais que j'étais bien vierge... Maintenant, je vais pouvoir divorcer !

Ma mère, qui a toujours eu la main leste, se dresse devant moi, les joues en feu. Décidément, depuis toute petite, je n'aurai été à ses yeux que source d'ennuis. Est-ce ma faute à moi si j'ai besoin d'aimer avant de me donner ? Je suis pourtant sortie de ses entrailles... Mais une mère algérienne éduquée dans la tradition ne réfléchit pas avec son cœur. Seulement avec le qu'en-dira-t-on. Or mon désir de divorcer risque de provoquer le scandale. Alors ma mère s'adresse à Mustapha Zenka en ces termes :

— Mustapha, si tu es un homme, emmène-la dans le désert et tire-lui une balle dans la tête !

Ces paroles, je ne les oublierai jamais, même si depuis je les ai pardonnées.

Peu après, je la vois monter dans le car avec Rafik, que j'ai à peine le temps d'embrasser et qui a honte pour moi. Ma mère rentre en France, je suis persuadée de faire partie du voyage, jusqu'au dernier instant j'y crois. D'ailleurs, comment pourrait-il en être autrement ? Je ne connais personne ici, je ne veux pas rester au milieu de ces inconnus. J'ai besoin de revoir mes frères, Amar, Belkacem, qui ne se doutent de rien, j'en suis sûre. J'ai besoin de revoir mon pays, la France !

Mais le moteur se met en marche, les portes se referment, sans un dernier au revoir. Je tambourine, mes paumes heurtent les fenêtres, je frappe sans pouvoir m'arrêter, je hurle aussi, j'y mets tout le manque que j'ai de ma mère, elle qui me fuit sans un baiser, je hurle :

— Maman, ne m'abandonne pas, je t'en supplie, ne m'abandonne pas !

Je cours derrière le car, dans la poussière qui m'aveugle et m'étrangle, je cours et puis je n'en peux plus, je laisse leurs silhouettes s'estomper. Vidée, anéantie, je ferme les yeux. Si l'on m'avait dit un jour que je serais jetée sur le bord de la route comme un chien que l'on débarque d'une voiture, alors j'aurais ri, j'aurais ri aux éclats. Là, je suffoque et pleure à grosses larmes. C'est à cet instant précis, perdue en pleine nature, orpheline pour la deuxième fois, que je cesse de grandir.

II

Grandir, je m'y efforce depuis ma naissance à Vil-lanière-sur-Aude, petit village coincé entre Carcas-sonne et Mazamet. Grandir, cela veut dire tenter de devenir adulte, de prendre son envol loin de ses parents. Pourtant, ma mère et mon père, je les porte encore en moi comme si c'était hier. Fière de mes origines mais victime des traditions, grâce à eux, je suis devenue une femme qui sait ce que souffrir veut dire. Le bonheur, je n'y ai goûté que tard, par petits morceaux, délicatement savourés. Encore aujourd'hui il me fait peur, je garde de mes années d'enfance le besoin de me protéger, comme si le soleil devait tou-jours laisser place à la tempête. Je ne me plains pas, la vie est ainsi faite, elle vous donne ce qu'elle a. Moi, elle m'a offert la foi, qui depuis ne m'a jamais quittée. Ne me demandez pas pourquoi, à l'âge de deux ans, lorsque je passais devant une église, je pressais les doigts de ma mère pour qu'elle m'y conduise. Je ne sais pas, j'étais si petite... Je tirais sur la jupe de maman, il fallait absolument que j'entre et prenne dans mes mains cette lumière aper-çue au loin par la grande porte ouverte, qui m'éblouissait et me faisait signe. Je pleurais, je trépignais, sans succès. Ma mère refusait que je mette les pieds dans ce lieu. Sans doute parce que le Dieu qu'on y vénérait ne ressemblait pas au sien.

A la maison, c'est à la tradition orale, kabyle, qu'on obéissait. Et malheur à celui qui voulait prendre les chemins de traverse ! Ma mère, musulmane pratiquante, nous a élevés, mes neuf frères et sœurs et moi-même, au rythme de principes ancestraux immuables. Les femmes doivent obéissance aux hommes, quel que soit leur âge. Avec le temps, je me suis rendu compte que mon Dieu à moi était transformable à souhait, il n'est ni tout à fait celui-là ni tout à fait un autre. Il représente simplement une autorité supérieure à laquelle je me soumets avec plaisir, qui me guide et me protège dans mes moments de doute, qui exalte mes joies et ma volonté d'être heureuse, à tout prix. Ma foi, indélébile, est tatouée en moi au fer rouge.

Dans les pires moments de ma vie, lorsque j'ai dû affronter les coups, puis la mort d'êtres qui m'étaient chers, c'est Dieu que j'ai appelé, c'est vers Lui que je me suis tournée, Lui parlant à maintes reprises, comme s'il était là, posé sur mon épaule. C'est Lui qui recevait la douleur lorsque ma mère me frappait, parfois si durement que j'en perdais connaissance. Mon destin aurait pu être celui des plus pauvres et des plus démunis. Qui sait si je ne serais pas devenue alcoolique moi aussi, prostituée, droguée ou suicidée. Ma route a parfois frôlé la frontière qui nous sépare de ceux qui deviennent fous. Mais je n'ai jamais dévié, j'ai toujours gardé la tête haute et l'espoir que toutes ces épreuves ne m'étaient pas infligées pour rien. Depuis que Dieu m'a vue sur le seuil de sa porte, haute comme trois pommes, pleurant pour venir vers lui, pas un seul jour n'a passé sans que Sa présence illumine ma vie car Il me protège, gardant vers moi une main tendue, pour toujours.

C'est Lui qui m'a inspiré le pardon à l'égard de mon père, de ma mère, les metteurs en scène de ma vie, qui m'ont dirigée souvent avec maladresse, parfois avec brutalité, sans en avoir conscience, j'en suis certaine. Car ils portaient en eux ce qu'il faut de souffrance pour transmettre à leurs enfants un peu de malheur. Je ne regrette rien, chez nous tout se partage. Le pain comme le chagrin.

*
* *

Ma mère, Dalila, est née à Ain Smain, en Algérie, dernière d'une famille de quatre enfants.

Trois garçons avaient vu le jour avant sa naissance : Ali, Amachi et Moktar, mes oncles. Maman est issue d'une grande famille de médecins et de militaires. Elle n'a pas eu la chance, comme moi, d'aller à l'école, cette institution qui a probablement changé le cours de mon existence. Vingt kilomètres à pied par jour, aller-retour, n'auraient pas été insurmontables, ses frères y arrivaient bien, eux ! Mais une fille était plus utile à la maison. Il y avait tant de choses à faire ! Coudre, nettoyer, aller chercher de l'eau, préparer les repas...

Cela n'empêcha pas Dalila de grandir dans une famille aimante, choyée par ma grand-mère, protégée et adorée par ses frères. Les traditions lui furent transmises comme à tout enfant musulman : code de l'honneur, respect des siens, obéissance et honnêteté. C'est dans cette ambiance qu'elle évolua, à Bejaïa — Bougie, comme l'appelaient les Français avant l'indépendance —, située à deux cent cinquante kilomètres d'Alger. Envahie durant trois siècles par les Turcs, Bejaïa est la petite Suisse de l'Algérie, nichée entre un port actif, la montagne et les plaines. Cette ville berbère, où l'on parle à la fois le kabyle et l'arabe, est réputée à la ronde pour ses filles au physique agréable et à l'éducation sans faille, pour sa propreté aussi. A Bejaïa, même les portes sont lavées à grande eau.

Au cœur de la ville, sur la place du Ier-Novembre, là où les façades des maisons aux volets bleus reçoivent les rayons du soleil, les hommes à la peau rongée par un rude climat discutent à n'en plus finir, tandis que les femmes, recluses, restent auprès de leurs enfants, à l'ombre du temps qui s'écoule. Tiraillée entre deux mondes, Bejaïa offre le visage d'un site tourné vers son histoire alors même que le progrès s'y installe à grands pas. Les mosquées Sidi-Soufi et Sidi-Lmouhoub côtoient le conservatoire, ainsi que le théâtre régional, sans oublier la bibliothèque municipale, le musée, la cinémathèque.

Les travaux de modernisation, menés tambour battant, ne sont pas du goût de tous les habitants, dont les plus anciens auraient aimé que la perle de la Méditerranée reste un havre de paix.

La légende dit que quatre-vingt-dix-neuf saints auraient défilé dans Bejaïa. Il n'en manquait qu'un pour que la ville supplante La Mecque. Malheureusement, le saint manquant n'était autre qu'une femme... C'est la raison pour laquelle les pèlerins se rendent toujours en Arabie au lieu de la Kabylie, région grandiose qui coupe l'Algérie en deux grâce à cette haute chaîne montagneuse, le plus souvent enneigée, appelée Djurdjura.

La Kabylie, fière et courageuse, se nourrit de la solidarité de ses habitants qui, de tout temps, ont su se battre pour défendre farouchement leur territoire. Ce n'est sans doute pas un hasard si les Romains l'avaient surnommée *Mons Ferratus,* « la montagne dure comme le fer ». Ici, la *tiwizi,* coutume qui consiste à aider les villageois à ramasser leurs olives ou à construire leur maison, est encore vivace, chacun mettant ses mains au service de l'autre. Ces hommes aux traits européens entrent dans la vie active à partir de quatre ans. De bergers ils deviennent paysans puis pères de famille dès seize ans. Ceux qui veulent échapper à cette terre âpre, fermée à toute forme de progrès, descendent vers les villes.

La Kabylie, habituée à résister à l'assaut des multiples occupants de l'Algérie, a conservé de ces différentes périodes d'invasion à la fois le goût de l'indépendance et le sens de l'hospitalité. Ce qui lui a permis d'accueillir en son sein ceux qui étaient alors pourchassés, fuyant les combats ou l'oppression. Ma mère, à l'image de cette région, a toujours eu ce côté rugueux et intègre, cette austérité permanente qui a fait d'elle une femme peu démonstrative mais généreuse, sensible aux malheurs des autres, ouvrant toujours sa porte à ceux qui avaient faim.

A treize ans, Dalila se voit marier dans les règles de l'art. Elle ne pose aucune question et se laisse faire docilement. Peu loquace quant à cet épisode crucial de sa vie, ma mère n'en garde aucune amertume. Tel était son sort, telle était la tradition !

C'est donc avant sa puberté qu'elle fait la connaissance de mon père, Méziane, né en 1924. Il a douze ans de plus qu'elle et vient, lui aussi, d'une grande famille de propriétaires terriens de la région. A cette époque, Méziane vit déjà en France et travaille dans les mines de Villanière-sur-Aude, des mines d'or, métal précieux destiné à la Suède. Un de mes oncles, Ali, ami d'enfance de Méziane, a arrangé le mariage, qui sera célébré en Algérie en 1948. Ma mère m'expliquera, par la suite, qu'elle a « appris » à aimer son mari, malgré les drames qui allaient s'ensuivre...

Dalila ne viendra en France que deux ans plus tard, accompagnée de ma grand-mère et du plus jeune de ses frères, Moktar. Tous trois s'installent avec Méziane à Villanière, dans un pavillon de mineur, jusqu'en 1955. Une vague de licenciements touche alors plus de mille six cents personnes, dont mon père. Toute la famille se voit dans l'obligation de déménager en région parisienne, près de Pavillons-sous-Bois, à la Fourche très exactement, dans un lotissement fait de maisons en tôle ondulée. Mon père et ma mère habitent d'un côté. Ma grand-mère maternelle, ainsi que deux de ses fils, Amachi et Moktar, vivent ensemble, sous le même toit. Ali, le troisième frère de ma mère, a emménagé tout près avec sa femme, ma tante Saphia, à qui je voue des sentiments très forts. C'est elle qui m'a nourrie à ma naissance car ma mère n'avait pas de lait. Ma tante avait déjà un fils, Tarik. Suivront Zineb, puis les jumeaux, Djema et Abdelkader.

*
* *

Bien sûr, j'ai peu de souvenirs de cette époque. Je vais pourtant vivre bientôt deux événements dramatiques dont les contours restent flous, même encore aujourd'hui. J'ai vu des choses, je le sais, mais mon inconscient, comme pour me protéger, m'a délestée de certaines images. Ma mémoire ne m'ayant toujours pas rendu ce qu'elle me doit, je suis incapable d'en dire plus que ce que je vais raconter à présent, fruit de mes réminiscences et des bribes d'histoires que j'ai pu récolter autour de moi.

Dans certains de mes souvenirs, je suis dans une cour, assise près d'une couscoussière, il y a une odeur de pommes de terre et le bruit de l'eau qui coule, coule... Ma grand-mère est présente elle aussi. On entend les pleurs d'un bébé. Avec le recul, je pense qu'il s'agissait de ma sœur, Samira, née un an après moi. J'ai à peine eu le bonheur de faire sa connaissance : elle nous a quittés quelques mois plus tard, sans que j'aie eu le temps de l'aimer.

Après cinq semaines d'absence, mon père, de retour d'Algérie où il a enterré sa mère, apprend que sa femme est enceinte de leur troisième enfant. Ce qui aurait dû être un moment de joie se transforme en déchirure. Nous sommes déjà deux sœurs dans la

45

famille, mon père veut un garçon mais reste persuadé, malgré les dénégations de ma mère, qu'il s'agit encore d'une fille. Rien ne lui permet de l'affirmer mais c'est ainsi, lorsqu'un homme parle, il a toujours raison.

— Tu dois avorter !

Dans sa voix, aucune place pour la discussion. Ma mère, malgré tout, refuse de se soumettre. Elle ne comprend pas cette réaction subite et brutale. De plus, mon père, au courant de tout ce qui s'est passé pendant son séjour en Algérie, apprend que sa femme a reçu la visite, dans notre maison, d'un de nos cousins.

Chez nous, cela ne se fait pas, une épouse ne doit pas se comporter comme une femme libre de tous ses mouvements. Mon père, jaloux, en devient pâle de rage, et imagine alors ce qui n'a pas lieu d'être. Cet incident ravive probablement des ressentiments, ceux qu'il nourrit à l'égard de sa propre mère, une femme d'une beauté exceptionnelle, qui recevait des hommes en l'absence de mon grand-père, un petit mâle sans aucun charme, fou amoureux de cette fille au tempérament bien trempé. Mon père a dû assister à ces ébats interdits quand il était petit. Pour se venger, à dix ans, il a coupé le cou de la poule préférée de sa mère.

Maman, de son côté, maintient sa position, elle ne veut pas perdre son enfant. Mon père, dans un accès de rage, la frappe et lui casse la main. Voyant que les événements risquent de prendre une tournure dramatique, maman se réfugie chez ses frères, qui habitent en face de chez nous. Dans son affolement, elle oublie de nous prendre avec elle, ma sœur et moi. Le lendemain, elle fonce au dispensaire pour faire soigner sa blessure et déclarer sa grossesse. Elle part avec Amachi et Yasmina, une de mes cousines.

Mon père, ce matin-là, aiguise des couteaux, seul dans la cuisine, c'est ce qu'il me semble entendre bien que je n'en sois pas certaine. Puis il s'occupe de Samira et de moi, nous habillant avec soin avant de nous déposer chez la voisine. Mais je pleure tellement que je finis chez ma grand-mère qui, parée de sa robe kabyle, s'assoit en tailleur à même le sol et prend ma tête sur ses genoux. Je demande où est maman, je veux savoir où est parti papa. A partir de ce moment-là, je ne quitte plus ma grand-mère d'une semelle, comme si je sentais le danger rôder autour de nous. Elle caresse mes joues rebondies.

— Ne t'inquiète pas, ma fille, ton père sera bientôt là.

Il ne reviendra jamais et finira par mourir en prison.

Pour l'heure, il suit ma mère et, comprenant qu'elle se dirige vers le dispensaire, devient fou. Le frère de maman reçoit le premier coup de couteau, qui lui déchire la nuque. Amachi s'écroule à terre sous les yeux effarés de maman et de Yasmina qui se mettent à hurler. Ma cousine retourne sur ses pas et court chercher ma grand-mère qui la voit arriver de loin, les bras s'agitant dans tous les sens, le visage déformé par la douleur.

— Il est en train de tuer tes enfants, il est en train de tuer tes enfants !

Effectivement, c'est ce que s'apprête à faire mon

père, mais mon oncle se relève pour éviter qu'un coup fatal ne soit porté à sa sœur, qui protège son ventre comme elle peut. Mon père lui taillade alors la main gauche, aveuglé par son esprit de vengeance. Amachi, le visage en sang, se dresse devant lui.

— Si tu touches un cheveu de ma sœur, un seul cheveu, tu es mort !

Mon père, qui réalise sans doute la cruauté de son geste, revient vers notre maison. Ma grand-mère, à l'annonce de la catastrophe, s'est précipitée à son tour et je la suis, du haut de mes deux ans. Elle se retrouve face à face avec mon père qui cherche à fuir. En kabyle, elle vocifère :

— Où sont mes enfants, où sont mes enfants ?

Mon père ne lui laisse pas le temps de dire autre chose. La folie est toujours en lui. Il l'égorge.

Ensuite, j'entends la sirène de l'ambulance, je revois la blouse blanche de ceux qui emportent ma grand-mère, et sa tête qui part en arrière.

Entre-temps, dans la nuit, mon père a battu ma sœur à mort, parce qu'elle réclamait sa maman. Là encore, j'ai tout occulté, c'est le déni total, Samira nous a quittés et j'en fais un tour de passe-passe, disparu ce souvenir, disparu, envolé. Je ne me rappelle même pas avoir pleuré...

*
* *

Je ne me réveille qu'à l'âge de quatre ans en ayant totalement oublié la présence de mon père dans ma vie. Il n'est pas seulement allé en prison : il a aussi disparu dans le cachot de mes oubliettes. Et je ne suis pas près de retrouver la mémoire car ma mère n'évoque jamais ces deux tragédies. D'ailleurs, Salem Merigue, qu'elle a épousé dix-huit mois après le drame, en 1958, je l'appellerai longtemps papa, pensant que c'est son sang et lui seul qui coule dans mes veines.

Ce n'est qu'à vingt-six ans que j'ouvrirai la porte du cachot. Ce n'est pas moi qui mettrai la clé dans la serrure, mais, par sa mort, mon frère Amar, en 1980. J'aurai alors besoin d'un certificat de décès de mon père pour la succession. Lorsque je m'emparerai du document que me tendra la jeune femme au guichet de l'administration, mon cœur se mettra à battre la chamade : je découvrirai le nom et le prénom de celui qui m'a vraiment donné la vie.

Je me rappellerai toujours cet instant. Mes jambes tremblent, ma vue se brouille, je suis obligée de m'asseoir afin de reprendre mes esprits. Les pièces du puzzle viennent de voler en éclats, je ne sais plus qui je suis ni d'où je viens. Bien sûr, il y a eu des signes, auxquels je n'ai pas voulu prêter attention. Depuis ma plus tendre enfance, le nom de mon père n'a jamais été prononcé à la maison. C'est un sujet tabou que ma mère a gardé enfoui au plus profond d'elle-même, dans le but de me protéger. Pourtant, quand j'avais dix ans, un de mes frères, Madjid, a éventé une partie du secret. Madjid est le fils de maman et de Salem. Je le revois dans la cour de l'école, pleurant à chaudes larmes. Je vais vers lui.

— Qu'est-ce qui t'arrive, Madjid, parle-moi !

— Il paraît que mon père, c'est pas ton père ! Je ne porte pas le même nom que toi.

Cette révélation, qui devrait me mettre la puce à l'oreille, est réduite à l'état de cendres lorsque j'en parle à ma mère qui calmement me répond :

— C'est vrai, ton père est mort. A présent, ton papa, c'est Dieu !

Je ne pose plus de questions. Ma mère me le dit, je la crois et cela me suffit. Pour quelle raison devrais-je la soupçonner de mentir ? J'ai une confiance aveugle en elle. Et puis nous sommes une famille pudique, qui se dévoile peu, il y a des choses dont on ne parle pas. Chez certains, c'est l'argent. Chez nous, c'est mon père.

Le certificat de décès m'apprend donc la véritable identité de mon géniteur. Evidemment, les choses ne s'arrêtent pas en si bon chemin, je vais de découverte en découverte, de surprise en surprise. A présent que je sais, les langues se délient. Après avoir égorgé ma grand-mère maternelle, mon père est parvenu jusqu'à Perpignan où il a été arrêté et adressé à la prison dans laquelle il passera six mois. Puis ce sera la Santé et l'hôpital psychiatrique du centre pénitentiaire de Château-Thierry. A son actif, dix tentatives de suicide. La onzième sera la bonne. On le retrouvera pendu dans sa cellule, le 16 mai 1973, année de mon mariage forcé. Personne n'ayant demandé qu'une croix délimite son emplacement au cimetière au bout des cinq ans réglementaires, il sera jeté dans la fosse commune...

Pour couronner le tout, j'apprends que, avant d'épouser ma mère, mon père avait déjà été marié et qu'il était papa d'une petite Jamila, décédée, elle aussi, dans les mêmes conditions que ma sœur Samira ! Je suis non seulement la fille d'un criminel, doublé d'un infanticide, mais je porte également le prénom d'une morte ! Les gènes de l'horreur se transmettent-ils de père en fille ? Suis-je moi aussi un monstre ? Je vais devoir vivre avec le poids de ces interrogations jusqu'à la fin de mes jours. Mais j'ai confiance en Dieu qui m'aidera à trouver la voie du pardon, comme je l'ai fait pour ma mère.

Mon père est peut-être un salaud aux yeux de la société qui l'a banni de ses rangs. Cependant, lui aussi a probablement dû porter le fardeau de son éducation dont je ne sais rien. Maigre lot de consolation ! Qui n'excuse pas ces trois actes ignobles. Néanmoins, il reste celui qui m'a donné la vie, sans jamais chercher à la reprendre...

III

Si mon père, en cette année 1956, s'était montré plus raisonnable, s'il avait fait confiance à l'intuition de ma mère, il serait encore parmi nous aujourd'hui. Car le troisième enfant que maman met au monde, le 19 septembre, est un garçon : Amar. Nous avons deux ans d'écart. Bien que je sois la plus âgée, c'est de nous deux le plus raisonnable. Il a toujours été sage et c'est l'amour de ma vie, avec Belkacem, dont je ferai la connaissance plus tard... Contrairement à moi qui suis nerveuse, franche et spontanée mais aussi soupe au lait et coléreuse, Amar se montre réfléchi, posé, délicat. Je suis le feu et il est l'eau. Connaissant tous les secrets de famille, jusqu'à la fin de ses jours il tentera de me mettre à l'abri.

— Elle est trop sensible, maman, laisse-la en dehors de tout cela.

Longtemps nous partirons en colonie de vacances ensemble. Lorsqu'il trouvera la mort, en 1980, au fond de la mer, c'est d'une partie de ma chair que je serai privée. Et je ne comprendrai jamais pourquoi mon beau-père, qui a épousé ma mère, le détestait autant. Probablement parce qu'il ne venait pas de lui. De toute façon, il n'était guère plus tendre avec moi, qu'il appelait « la sorcière », ni avec les trois enfants issus de son premier mariage avec une Française, Simone.

Salem Merigue fait irruption dans la vie de ma mère alors qu'autour d'elle, tout n'est que ruine. Elle vient de perdre, la même année, son mari, sa fille, sa mère, sans oublier son frère Moktar, renversé par une voiture. Qui pourrait résister à tant de malheurs à la fois ? Ma mère ne parle pas un mot de français, n'a pas de travail et doit nourrir ses deux enfants. C'est de survie dont il s'agit à présent. Dans ces cas-là, il faut aller à l'essentiel, et au plus vite.

Des hommes de son âge, beaux garçons, demandent à plusieurs reprises sa main, elle est encore jeune et jolie. Mais aucun ne veut de sa progéniture. Ma mère, qui nous aime profondément, ne peut imaginer la vie sans nous. Elle refuse donc et se sacrifie, en quelque sorte.

Salem Merigue, qui vit déjà à Noisy-le-Sec, a quarante-quatre ans lors de leur première rencontre. Vingt-deux ans les séparent... Ma mère, guidée par la voix de la raison, accepte d'épouser cet homme qui lui fait sa demande par l'intermédiaire de deux de mes oncles : Amachi et Ali. Salem, gardien du gymnase de Bobigny, est un bon parti car il a un salaire régulier. Et surtout il nous accepte, Amar et moi. Le mariage aura bien lieu, mais à une seule condition : que Salem reprenne ses trois garçons placés à l'Assistance publique à la mort de leur maman, atteinte d'un cancer. A cette époque, les mariages mixtes n'avaient pas bonne presse. Si le parent français faisait défaut, c'était le placement d'office. Salem Merigue fait donc tout son possible pour récupérer ses enfants, qui finalement viennent vivre avec nous. Voilà donc ma mère à la tête d'une famille recomposée dont font partie Roger, Belkacem et Bernard, qu'elle accueille comme s'ils étaient ses propres fils. La veille du mariage, elle leur a confectionné des shorts et des chemises dans un drap blanc, afin qu'ils puissent participer à la fête, habillés décemment. Ce dont ils lui seront toujours reconnaissants.

Salem, de taille moyenne, un peu fort, est affublé d'un pied bot. Il boitille légèrement et porte toujours de grosses chaussures montantes qui maintiennent sa cheville. Le visage rond, il est déjà presque chauve, ses cheveux grisonnants formant une couronne autour de son crâne dégarni. Il ne porte que des bleus de travail et son plus grand plaisir est de s'installer devant notre maison, assis sur une chaise, afin d'interpeller les voisins.

La bonté de Salem est légendaire dans toute la famille : il a fait venir ses cousins d'Algérie, leur a trouvé à tous un travail et un logement. Il est courageux aussi. Ayant combattu pendant la Deuxième Guerre mondiale en tant que résistant communiste, il est même allé en camp de concentration. Il a réussi à s'échapper du premier camp mais a été repris place de l'Etoile et conduit par la suite en Pologne, dans les mines de Silésie, où il a perdu une partie de ses poumons. Salem ne parle jamais de cet épisode douloureux de sa vie bien qu'il soit toujours présent à son esprit. Je l'ai compris le jour où, voyant ma mère revenir du Prisunic avec des pyjamas rayés achetés en solde pour mes frères, il a fait voler en éclats les assiettes du dîner et nous a tous envoyés dans notre chambre avant de se soûler une bonne partie de la nuit.

A cette époque, nous habitons Noisy-le-Sec, coincés entre Romainville, Montreuil, Bondy et Bobigny. Pour accéder à notre deux-pièces, situé dans une cour sur laquelle donnent également d'autres appartements, il faut passer par le porche d'un des immeubles de la rue Pierre-Sémart. C'est dans ce quartier populaire, plutôt pauvre, que la famille s'agrandit avec la naissance de Madjid en 1958 ; de Rafik, en 1960 ; de Malika, en 1961 ; de Ghania, en 1963, un an avant Soumeya, la petite dernière.

En 1961, nous sommes donc déjà huit enfants dans un cinquante mètres carrés... Par chance, Mme Rajot, la propriétaire de toutes les habitations de cette fameuse cour, aime beaucoup mon beau-père. Par amitié pour lui, elle nous loue la maison mitoyenne de notre appartement. De quoi accueillir les deux derniers enfants... Une dizaine de pas nous séparent du porche sous lequel il fallait passer pour accéder à notre ancien deux-pièces, bientôt affecté à la famille Derane.

Une famille pittoresque, c'est le moins qu'on puisse dire ! D'origine kabyle, le père, Bachir Derane, travaille dans une fonderie. De ses mains larges et épaisses il égorge, pour le compte des voisins, toutes les bêtes du quartier, les moutons, les poules, rien ne le dégoûte. Il me fait peur et passe son temps à vouloir taper sur sa femme Tassadit, qu'il adore pourtant, même s'il lui arrive de la pour-suivre avec des casseroles ou des couteaux, quand ce n'est pas la hache dont il se sert pour trancher le cou des animaux. Leur amour est tellement tumul-tueux qu'ils se marieront et divorceront quatre fois ! Bachir, souvent imbibé d'alcool, a fait la guerre d'In-dochine. Il n'en est pas revenu indemne, elle l'a rendu un peu fou. Ces scènes de ménage, parfois amusantes, souvent éprouvantes, m'ont marquée. Depuis, je ne supporte pas l'idée qu'un homme puisse lever la main sur moi. Mais il y a pire encore... Leur fille Anissa meurt écrasée, à l'âge de six ans, par un camion qui n'a pas pu freiner à temps. C'est une véritable tragédie pour cette famille déjà fragilisée par l'agressivité coutumière de Bachir, qui ne fera que s'enfoncer un peu plus dans la violence.

*
* *

Je garde pourtant une nostalgie intense de ces années-là. Notre rue a l'allure d'un village, rien à voir avec l'indifférence et l'anonymat qui caracté-risent certaines villes aujourd'hui. Les grands ensembles n'ont pas encore fait leur apparition, il faudra attendre les années 1970 pour que les étran-gers soient parqués à la périphérie, dans des tours conçues avec peu de moyens, par des architectes sans âme qui n'ont jamais mis les pieds dans un seul de ces logements, pourtant tout droit sortis de leur ima-gination.

C'est entre la blanchisserie et le garage Peugeot, face à de magnifiques vergers, que je vais achever mon enfance et vivre mon adolescence. Au bout de la rue, il y a la gare et une ancienne voie ferrée désaffectée.

Chaque soir après l'école, la rue Pierre-Sémart se transforme en terrain de jeu, l'occasion pour moi de sauter à la corde avec Josette Laigo et Caroline Sabes, de faire de l'élastique avec Martine Grimac, de monter dans les arbres avec Areski Matta, le frère de Lounes, et Benoît Cavaud, que j'affectionne particulièrement. Nos éclats de rire ne sont pas rares, nos courses folles non plus. Lorsque à l'âge de huit ans je me vois chargée par ma mère de surveiller mes frères et mes sœurs, je sors les poussettes et les emmène jusque « derrière les bancs », dans cet endroit sans nom, entouré d'arbres. Mes copines me suivent de bon cœur et, tout en jetant un coup d'œil à la marmaille dont je suis responsable, nous passons des heures à discuter.

Nous nous fichons pas mal de savoir si l'un est africain, l'autre français ou espagnol : nos parents, d'origines diverses, se fréquentent régulièrement dans une ambiance chaleureuse, dénuée de toute antipathie à l'encontre de celui qui ne vous ressemble pas. La solidarité fait partie de notre quotidien car nous sommes tous issus de la même famille : celle des artisans et des ouvriers sans le sou, ou presque.

Les enfants aident volontiers les personnes âgées. Mme Chebbou, l'une des dernières ouvreuses du cinéma de Noisy, nous laisse sortir son chien, tâche dont nous nous acquittons avec plaisir. Parfois elle nous tend son cabas en cuir afin que nous passions à l'épicerie le remplir de bouteilles de vin. Grâce à elle, je découvre l'odeur des échalotes et des oignons frits dans le beurre, moi qui ne connais que l'huile d'olive.

Dans la cour vivent également deux institutrices, que nous appelons les « demoiselles du fond ». Deux sœurs, vieilles filles, qui se chamaillent continuellement sans pouvoir se passer l'une de l'autre. A soixante-dix ans, minces et raides, le béret vissé sur la tête, vêtues d'une grande cape, elles sont restées vives et alertes. L'une d'entre elles prendra Rafik sous son aile. Les mathématiques n'étant pas son fort, elle s'emploiera à lui donner le goût des chiffres.

Nous n'avons jamais eu beaucoup d'argent dans la famille — Salem a un petit salaire comme gardien du gymnase et ma mère ne travaille pas — mais nous n'avons manqué de rien, maman économisant le moindre sou. A la maison, la cuisine se fait à l'orientale bien que les frites ne soient pas rares, ainsi que les pâtes. Les jours de marché, ma mère achète des kilos de fruits qu'Amar dévore parfois la nuit, dans un accès de somnambulisme, descendant manger des pommes dont il avale le trognon avant de se recoucher, repu. Elle nous prépare aussi du *tekoul-baben,* ces boulettes de semoule imbibées de jus de viande et de menthe. Et des poivrons, qu'elle fait griller dans la friteuse pour que la peau se détache plus facilement, puis découpe en petits morceaux avant de les faire mijoter et de les servir, accompagnés d'une galette de semoule, le *arloum tagine.* Le couscous reste réservé au dimanche midi. Toute la semaine, de sept heures du matin jusque tard dans la nuit, la maison est remplie de toutes sortes d'odeurs rassurantes, pour mon plus grand bonheur.

Au goûter, nous avons droit, servi bien chaud dans de grands bols, à du café au lait, accompagné de tartines beurrées. Le soir, il faut encore courir pour aller acheter plusieurs pains avant la fermeture de la boulangerie, qui nous les vend par dizaines.

Les vêtements ne sont pas en reste. Ma mère, très stricte en ce qui concerne la propreté, change notre linge tous les jours et les robes coquettes qu'elle m'achète, ainsi que la montagne de pulls qu'elle nous tricote, emplissent nos armoires. De tempérament très économe, maman ne lésine pas sur ce qu'elle estime primordial pour nous : de quoi manger et de quoi nous vêtir.

Occupée du matin au soir, elle fait tourner la maison.

Lorsqu'elle en a le temps, elle prend ma brosse et coiffe mes longs cheveux noirs, j'en frissonne de bonheur. Pour le reste, à nous de nous débrouiller ! Tant pis pour nos états d'âme ! La communication n'est guère de mise, chacun gardant pour soi ses peines et ses interrogations...

Nous vivons dans des conditions décentes, nous avons un toit, de quoi remplir nos estomacs, des vêtements renouvelés régulièrement, des chaussures neuves pour chaque rentrée des classes. Aux yeux de mes parents, nous n'avons aucune raison de nous plaindre... Mais Salem, si bon avec les autres, me terrorise, je le crains et il le sait. Lorsque je passe près de lui, il me fixe méchamment et me traite de sorcière, je l'évite autant que possible. Parfois il aimerait pouvoir m'attraper et me mettre une raclée mais je m'esquive sans qu'il parvienne à me corriger. Pour Amar « le distrait », pour Amar « le rêveur », c'est le même régime ! A chaque repas, mon frère a droit à la rengaine préférée de mon beau-père.

— Mange ta soupe et regarde ton assiette, tu ne vois pas que tu en mets partout, *khalouf* !

A table, Amar ne cesse de se faire traiter de cochon. Il ressemble comme deux gouttes d'eau à notre père, ce que je découvrirai par la suite. Salem n'a jamais montré de vrais sentiments qu'à l'égard des enfants qu'il a faits à ma mère. Je n'ai pas le souvenir d'un seul geste tendre de sa part, pas un seul. Cependant, il ne me déteste pas tant que ça, je m'en rendrai compte plus tard. Trop tard néanmoins pour réparer ce qui aura été cassé.

Les relations avec ma mère ne sont pas encore conflictuelles. Disons qu'elle me prodigue juste les soins dont j'ai besoin pour grandir correctement, sans que les gestes maternels aient pu trouver leur place dans son comportement.

C'est pourquoi, lorsque je suis en proie à des cauchemars et qu'elle se précipite à mon chevet pour me prendre dans ses bras, je fais tout pour la retenir un peu plus près de moi. Nichée au creux de son épaule, je m'enivre de son odeur. Puis, je pose ma tête sur sa poitrine lourde et j'écoute les battements de son cœur. Ce contact, furtif autant que rare, m'emplit d'une joie indescriptible. Je savoure ma victoire en silence, celle d'avoir maman rien que pour moi...

Entre une mère débordée par les tâches ménagères

et un beau-père distant voire hostile, je pousse telle une fleur sauvage, perdue au milieu d'un champ envahi de roses, mais également de ronces et d'orties. Je ne manque pas d'eau, loin de là, mais le soleil ne brille pas tous les jours. Sauf quand Belkacem est là. Mon demi-frère m'a tout de suite adoptée. Je l'adore, il est mon protecteur. Contrairement à Amar, il n'a pas un physique de Don Juan, tout le monde l'appelle Fernandel à la maison. Grand, sec, il est drôle à mourir et nous faire rire à gorge déployée. Doué pour raconter les histoires, surtout les films, Belkacem sait faire durer le suspense, à tel point que je ne saurai jamais comment se termine *L'Homme à la jambe d'or*. Il imite les acteurs, mime chacune des répliques, nous l'écoutons tous bouche bée, admiratifs devant tant de talent.

Je suis sa préférée et s'il ne dit jamais qu'il m'aime, il me le prouve : c'est lui qui m'offre ma première montre, mon premier pantalon à pattes d'éléphant, c'est avec lui que je vais la première fois au cinéma. Il sait qu'à la maison, je n'ai pas le droit de faire grand-chose et il respecte la coutume, mais son cœur est nourri par la France et son vent de liberté. Il comprend qu'une jeune fille de mon âge, élevée par des parents musulmans, ait certaines obligations. Mais tout de même ! Les plaisirs font partie de la jeunesse, pourquoi n'y aurais-je pas droit moi aussi ?

Par tous les moyens, Belkacem tente d'adoucir et d'arrondir les angles de mon existence qui, très tôt, s'est révélée quelque peu étouffante...

Alors que mes frères jouissent d'une liberté totale,

on m'interdit de sortir seule, d'aller jouer chez mes copines, il est impensable que je puisse les inviter à manger ou dormir à la maison, je n'ai pas le droit de regarder la télévision, pas le droit de me maquiller non plus.

Pour combler mes frustrations, Belkacem m'achète une machine à écrire, me donne de l'argent de poche lorsque je lave sa voiture, m'offre ma première chemise cintrée et mon premier voyage en Angleterre, organisé par le collège. Ma mère ne voit pas toujours cela d'un bon œil mais elle laisse faire, car Belkacem est aimé pour sa gentillesse, respecté pour son autorité. Depuis que mon beau-père est mort, en 1967, c'est sur lui que ma mère se repose. Obligé de trouver un travail, Belkacem, à dix-neuf ans, a appris à monter des grues afin de donner son salaire à la famille. Il hausse souvent le ton mais ne frappe jamais personne. Sauf moi, une seule fois, un jour où ma mère m'appelle et que je souffle en levant les yeux au ciel. Il est vrai que j'ai dix-huit ans et demi et que je commence à en avoir assez d'être appelée pour un rien, à tout bout de champ, *Jamila fais ceci, Jamila fais cela.*

— Qu'est-ce qu'elle me veut encore, celle-là ?

Bien que j'aie murmuré entre mes dents, Belkacem entend et m'envoie une gifle qu'il estime bien méritée.

Ne sait-il pas qu'en dehors des interdits que ma mère m'oppose, j'ai d'autres raisons de me révolter ?

IV

Les coups ont commencé après le décès de mon beau-père, dont la santé n'avait jamais été florissante. Sa maladie a précipité les événements et fait de moi le souffre-douleur de ma mère. Les saignements de Salem sont devenus de plus en plus fréquents, son hypertension s'aggravait, il a dû être hospitalisé d'urgence. Il est resté deux ans et demi à l'hôpital, deux ans pendant lesquels je ne l'ai revu qu'une seule fois, à un retour de colonie de vacances en Haute-Savoie, près du lac Léman. J'avais treize ans.

Salem avait perdu près de quarante kilos, il était hémiplégique, je le reconnus à peine. Allongé dans la chambre, il était incapable de prononcer un mot. J'ai déposé un baiser sur chacune de ses joues creuses, j'ai pris sa main aux doigts noueux, c'était la première fois que je ressentais quelque chose de fort pour lui, j'avais de la peine. Nous avons pleuré tous les deux en silence. Je pouvais lire dans ses yeux tout ce qu'il ne m'avait pas dit pendant ces années. Il regrettait... j'en suis sûre. Moi aussi je regrettais que nous soyons passés l'un à côté de l'autre sans nous voir. Je réalisais soudain tout ce qu'il avait fait pour nous, tout ce qu'il avait fait pour moi... en silence.

Mon beau-père devait rentrer définitivement le 5 janvier 1968. En fait, il n'a jamais plus franchi le seuil de notre maison. La mort l'a emporté le 31 décembre 1967, d'une crise cardiaque.

A l'époque, nous n'avons pas encore le téléphone, c'est par télégramme que nous apprenons son décès. Ma mère ne sait pas lire, elle me tend le papier bleu et me demande, fébrile, de quoi il s'agit. Ses yeux inquiets m'interrogent.

— Qu'est-ce qui se passe, Jamila ?

Le choc me rend muette, je suis incapable de lui annoncer la mauvaise nouvelle. Ma réaction ne fait que renforcer ses craintes. Elle court voir Faiza, la femme d'Amachi. Mon oncle s'est en effet installé chez nous : à chaque moment crucial de la vie de ma mère, il a posé ses valises à la maison sans sourciller. Durant la maladie et l'absence de mon beau-père, il a donc repris, pendant deux ans, les rênes du pouvoir à la maison.

Maman va avoir trente et un ans. Un sale cadeau d'anniversaire lui est offert avec neuf jours d'avance : la voilà de nouveau seule, à dix ans d'intervalle.

Ma mère n'étant pas du genre à étaler ses émotions, la vie reprend vite son cours. Maman pleure, bien sûr. Sa peine est évidente, je la vois souvent avec les yeux rouges et le visage gonflé. Mais cette douleur parle au travers des larmes, sans être relayée par les mots. Ma mère, secrète et terriblement pudique, se console sans doute en se disant que la fatalité, chez nous, les musulmans, fait partie intégrante de notre vie. Allez savoir...

De mon côté, j'accuse le coup également. Personne ne m'a jamais appris à exprimer mes sentiments, surtout devant les autres. Je fais donc partie, moi aussi, de ceux qui cachent leur désarroi derrière une façade bien lisse ; j'entasse au fin fond de mes entrailles, je stocke au plus profond de mon cœur, jusqu'à n'en plus pouvoir... Alors il me faut faire de la place en acceptant certains moments de répit pendant lesquels je ne pense à rien, pendant lesquels je tente coûte que coûte de retrouver mon appétit de vivre. Cela ne va pas sans heurt, surtout lorsque l'on vient piétiner les plates-bandes de ce qui n'appartient qu'à moi... Un jour, à la suite d'une dispute stupide, Josiane Beval, mon amie d'enfance, voulant avoir le dernier mot, ne trouve rien de plus intelligent que de s'en prendre à ma famille.

— Fous-moi la paix, me dit-elle. Va donc voir sur la tombe de ton père si j'y suis !

Cette réflexion stupide déclenche mon indignation, puis ma colère, je lui défonce d'abord la mâchoire avant d'essayer de l'étrangler. L'infirmière et Mlle Migraine, la directrice du collège, tentent de nous séparer, je suis comme une bête sauvage. J'irai tout de même rendre visite à Josiane à l'hôpital pour lui demander pardon, je sais reconnaître mes torts lorsque les faits parlent d'eux-mêmes. J'évite de justesse le renvoi du collège. L'assistante sociale, scandalisée par mon comportement, convoque Amachi avec lequel la rencontre est plus que houleuse. Mon oncle n'apprécie pas du tout les propos tenus à mon égard. Son sang ne fait qu'un tour, il menace l'assistante sociale de son index trapu.

— Ma sœur vient de perdre son mari, si vous osez répéter ne serait-ce qu'une seule fois que ma nièce est folle, je vous tue !

Heureusement, Mlle Migraine, qui a toujours été à mes côtés, met fin au conflit et sauve les apparences.

*
* *

Est-ce la violence de ma mère à mon égard qui déclenche la mienne à l'extérieur ? Mon beau-père vient de mourir, j'ai à peine quatorze ans quand elle lève la main sur moi pour la première fois. L'ambiance à la maison étant de plus en plus morose, je suis partie quelques jours chez ma tante Saphia, la femme d'Ali, à Bondy, retrouver Zineb, ma cousine, avec qui je m'entends bien. Dans leur petite cité, pleine d'animation, de cris et de joie, j'ai fait la connaissance d'un beau jeune homme de quinze ans, Moussa Kidar, kabyle comme moi, avec qui j'ai sympathisé. Je ne pensais pas à mal. D'ailleurs, mon esprit n'était pas tourné vers ces choses. A la maison, j'étais tellement bridée au sujet des garçons que mon désir en était au point mort, je n'avais toujours pas passé la première. Rien ne m'avait été dévoilé dans ce domaine, c'est tout juste si je savais comment on fait les enfants ! Moussa Kidar n'était pour moi qu'un camarade avec qui je prenais plaisir à discuter.

De retour à Noisy, je reçois un mot de Moussa,

qui a voulu m'écrire avant d'entrer à l'hôpital pour se faire opérer de l'appendicite. Il m'a fait passer cette lettre par l'intermédiaire d'une de mes amies, Eve Vray. J'attends d'être dans ma chambre, située au grenier, pour dévorer le message. Recevoir ainsi du courrier change quelque peu mon ordinaire.

Mon demi-frère Madjid, qui a quatre ans de moins que moi, n'a pas perdu une miette du manège. Il se poste tout en haut de l'escalier, passe ses doigts dans la fente qui lui a permis de m'épier et me lance, d'un air mauvais :

— Je vais dire à maman que tu lis des lettres en cachette !

Je lève la tête et, mécontente, lui lance un « bouh » qui lui fait perdre l'équilibre. Madjid, que je n'aime pas particulièrement, tombe sans se faire mal mais hurle comme une bête qu'on viendrait d'égorger.

Il me dénonce aussitôt à ma mère qui réagit immédiatement et me prend à partie. J'essaie comme je le peux d'expliquer le plus calmement du monde que je n'ai rien fait de mal, qu'il s'agit juste d'un mot de mon amie, c'est peine perdue. J'ai droit à une dégelée de coups en bonne et due forme, doublée d'un flot ininterrompu d'invectives.

— Tu reçois des lettres d'Eve maintenant ? Tu n'es qu'une menteuse ! Je sais qu'il s'agit d'un garçon ! Finalement, tu es bien comme ton père... de la mauvaise graine ! J'ai gâché ma vie pour toi, pourquoi ne t'ai-je donc pas mise à l'Assistance publique ?

Cette réaction, sans commune mesure avec ce qui m'est reproché, s'explique sans doute par le fait que ma mère vient brutalement de perdre confiance en moi. Jusqu'ici, je m'étais montrée plus ou moins sage et docile, suffisamment pour ne pas provoquer son courroux.

Quoi qu'il en soit, les coups pleuvent comme en automne, je me protège comme je peux, je place mes bras en croix devant mon visage, j'ai beau essayer de hurler qu'il ne s'est rien passé entre Moussa Kidar et moi, rien n'y fait !

— Je ne te laisserai pas salir mon honneur, hurle ma mère en continuant de me tabasser avec une planchette en bois qu'elle serre de toutes ses forces.

Mes bras et mes jambes virent au violet. Derrière, Madjid est aux anges.

— Voilà que tu te mets à fréquenter les garçons ! Moi, à ton âge, j'étais déjà mariée !

Cette phrase sera la clé de tout ce qui va suivre. Je suis désormais cataloguée, ce qui ne m'étonne guère car depuis le début de ma puberté, depuis que le sang a fait de moi une petite femme, une grande jeune fille, le regard de ma mère n'est plus le même. Comme si avoir des seins faisait de moi son ennemie ou en tout cas quelqu'un de dangereux. Une fille qui risque de la « déshonorer » en se donnant à n'importe qui. Une fille qu'il va falloir marier au plus vite...

Evidemment, je ne sais pas encore que cette première volée de coups sera suivie de bien d'autres, moi qui n'ai reçu jusqu'ici que des petites claques sur les fesses. Je suis choquée et désemparée par tant de violence, pour si peu de chose. Dans un accès de rage, je prends des comprimés et les avale d'une traite, avant de jeter la boîte par la fenêtre. Ma mère, à qui rien n'échappe, qui a un œil au milieu du visage et un autre au milieu du dos, s'en aperçoit et me fait boire des litres de lait. La pauvre ne sait pas qu'en cas d'empoisonnement, l'absorption de laitage est totalement contre-indiquée !

Par la volonté de Dieu, je survivrai. Et je comprendrai bientôt que mon chemin de croix ne s'arrête pas là et qu'il va me falloir marcher encore si je veux trouver la lumière.

Bien entendu, dans un tel climat, les relations entre ma mère et moi se détériorent à vue d'œil. Je décide de rompre le peu de communication qu'il nous restait en ne parlant plus.

De toute façon, il m'est impossible de dire ce que je pense. La moindre tentative de dialogue, considérée comme un pas vers la rébellion, déclenche aussitôt de nouvelles violences. Les traditions ont la peau dure chez nous, ce n'est pas moi qui vais, avec mon statut de femme qui plus est, révolutionner les lois de la maison. C'est donc ma mère qui m'adresse la parole, souvent pour me rabaisser, ou alors elle frappe... Son agressivité arrive par vagues soudaines dont je ne soupçonne jamais l'intensité. Une fois, alors que je fais la vaisselle, et sans réaliser qu'elle pourrait me blesser gravement, elle s'empare d'une casserole que je me prends en pleine figure.

— Tu appelles ça laver ? Tu recommences !

J'essaie pourtant toujours de lui trouver des excuses. Souffrant de la solitude dans laquelle l'a laissée la perte de ses deux maris et bien qu'elle ait près d'elle Amachi, ma mère doit assumer à plein temps son rôle de maman tout en endossant celui de père. Son seul point de mire est le bout de la rue Pierre-Sémart. Se débattant dans les difficultés d'argent, elle s'échine à maintenir l'ordre au sein de sa marmaille tout en craignant pour son « honneur ». On perdrait ses nerfs pour moins que cela !

Je lui ai appris à perfectionner son français, mais cela n'a pas suffi à élargir son univers qui se résume à son réfrigérateur, ouvert trente fois par jour, à ses enfants qui braillent et courent dans tous les sens, aux tantes et aux cousines avec qui elle ne fait que parler du pays. Et à la télévision dont elle consomme les programmes avec avidité, même si les dialogues de certains films restent pour elle un mystère. La déprime la guette, le Valium fait son apparition à la maison.

Peu à peu elle change. Ma mère passe désormais son temps entre sa chambre à coucher et le salon, délaissant ainsi son quotidien, à savoir les tâches ménagères, remplacées à présent par des feuilletons à six sous. Etant l'aînée des quatre filles, c'est moi qui suis chargée de prendre le relais. J'assume seule mon éducation, ainsi que celle de mes frères et sœurs que je réveille chaque matin après avoir préparé le petit déjeuner, puis que j'habille et emmène à l'école. Débutant dès cinq heures trente, mes journées à présent comptent double, je range, nettoie, repasse, surveille les devoirs de toute ma petite tribu. Je me jette sur les miens alors que toute la maisonnée dort. Je lutte sans broncher. D'abord, parce que je n'ai pas le choix. Mais aussi pour prouver à ma mère que je ne suis pas celle qu'elle croit. En vain. Malgré mes efforts, elle est de plus en plus agressive, tout devient prétexte à disputes.

Un jour, je la surprends pour la énième fois en train de frotter son linge à la main. Nous possédons pourtant une machine à laver, mais c'est une habitude dont elle ne veut pas se défaire. Chaque mercredi, dans une grande lessiveuse en inox, elle fait bouillir nos vêtements qu'elle rince ensuite dans une bassine posée sur des chaises installées face à face. Je lui demande pourquoi elle s'obstine à faire perdurer ce rituel inutile et épuisant.

— Si jamais ton mari n'a pas de machine à laver, ton linge doit être blanc !

J'aurais mieux fait de me taire : me voici embauchée, pour bientôt prendre sa place dans ce remake du lavoir. Il me faut frotter au savon, sur une grande planche, les draps, les serviettes et les culottes de mes frères et sœurs que j'essore avant de les étendre. A la fin de la journée, mes cervicales sont aussi raides que du bois mort, je ne sens plus mon dos dont les vertèbres, nouées, me font un mal de chien. Je remets ça le samedi après-midi en me pliant de bonne grâce à la corvée de repassage.

Quand elle ne sert pas au linge, la lessiveuse est utilisée pour la toilette de tous les enfants, tâche qui m'incombe, bien entendu. Une fois par semaine, le dimanche soir après le dîner, je fais chauffer de l'eau puis je baigne et shampouine mes frères et sœurs qui m'éclaboussent en riant aux éclats. Ensuite, chacun monte dans sa chambre, se met en pyjama, avant de se coucher, les cheveux mouillés. Prochaine tournée : le jeudi, lorsque ma mère nous emmène à la douche municipale. Nous n'avons pas de salle de bains et apprécions de pouvoir laisser couler l'eau sur nos corps peu habitués à tant de bien-être. Les autres jours de la semaine, je nettoie Rafik, Ghania, Malika et Soumeya à l'aide d'un gant de toilette.

Il m'arrive pourtant de faire quelques escapades. A mes risques et périls. A quinze ans et demi, je rentre un après-midi avec deux heures de retard. Je suis partie en discothèque dans le XXe arrondissement, avec ma copine Chafia, qui a insisté pour m'épiler et me maquiller. Le bus qui doit nous ramener prend du retard. Maman me voit arriver déguisée comme un clown, le visage bariolé, avec une jupe trop courte qui ne m'appartient même pas ! J'aurais dû me douter que cette attitude inconsciente déclencherait ses foudres, mais je suis tellement heureuse d'avoir pu ressembler, même pour si peu de temps, à une jeune fille de mon âge ! Devant la mine outrée de ma mère, je tente de me protéger en récitant par cœur le gros mensonge préparé par ma copine Chafia, au cas où...

— Quelqu'un a eu un accident dans la rue, on l'a emmené chez le docteur !

Les sourcils froncés, le visage de ma mère se durcit.

— Donne-moi le nom du docteur, nous partons le voir immédiatement !

La sachant capable de tout, j'avoue sur-le-champ.

Ce n'est pas un cintre ou un tendeur à vélo que je me prends cette fois-ci en pleine figure, ni même un balai ou un tisonnier — ses armes favorites —, c'est un talon de chaussure qu'elle m'enfonce dans le crâne ! Le trou dans mon cuir chevelu a la dimension d'une pièce de un centime, le sang coule et je me tiens la tête à deux mains, jusqu'à ce qu'elle se calme. L'ouragan passé, elle me tend de quoi nettoyer la plaie : coton et désinfectant. Et si je crois pouvoir obtenir d'elle un soupçon de remords, alors j'en suis pour mes frais : ma mère ne reconnaît jamais ses torts.

*
* *

Très tôt, l'école est devenue ma porte de sortie, celle par laquelle je m'échappais de cet univers qui souvent m'étranglait. A la maison, je suis en Algérie. Dans ma classe, je suis en France et peux enfin laisser au vestiaire la panoplie étriquée des traditions que je me dois de porter. A l'école s'ouvre un monde merveilleux où les règles, que nous soyons maghrébins, italiens ou portugais, sont identiques pour tous. Nous portons le même tablier, apprenons la même langue, déchiffrons les mêmes lettres, lisons les mêmes livres. J'aime cet univers cosmopolite où je retrouve mes camarades sans distinction de race ou de religion. Musulmans, catholiques, juifs et athées se côtoient et se mélangent sans problème. Au cours de ma scolarité, interrompue prématurément en troisième sur ordre de ma mère qui a décidé de m'envoyer en CAP de sténodactylo, je n'ai jamais entendu la moindre insulte. Cela peut paraître surprenant aujourd'hui où l'on parle beaucoup — et à juste titre sans doute — de discrimination raciale, mais c'est la vérité : jamais je n'ai subi ou fait subir la moindre humiliation à qui que ce soit, qu'il soit grand, petit, qu'il ait les yeux bridés ou la peau noire. L'école de cette époque nous apprenait au contraire le respect.

J'ai fait mes premiers pas dans le monde du savoir à l'âge de trois ans et demi, rue de Bethisy. Mes grands frères m'accompagnaient jusqu'à l'école tandis que maman m'attendait à la sortie. Coiffée d'une paire de couettes, habillée avec soin, socquettes et mocassins vernis aux pieds, je pleurais tous les matins à l'idée de quitter la maison où l'on me parlait en kabyle depuis ma naissance. Dans la cour de la maternelle, les enfants s'adressaient à moi en français et je ne comprenais pas cette langue. Je restais donc à l'écart de ceux que je considérais comme des « étrangers », je les regardais s'amuser ou se battre, timide et solitaire. Leurs jeux me faisaient envie mais la peur de l'inconnu m'obligeait à être sage, je ne connaissais personne, alors que dans cette même cour s'ébattaient autour de moi certains des enfants de la rue Pierre-Sémart — les sœurs Mednani, Myriam Kouchema, Josiane Beval —, dont je ne ferai véritablement la connaissance qu'à mon arrivée au cours préparatoire. Je me défoulais le soir, en retrouvant ma famille. Je donnais tous mes dessins à Belkacem et faisais la folle avec Amar.

Après la cantine, où je prenais mes repas quatre jours par semaine, la maîtresse nous faisait mettre en rang et, à la queue leu leu, nous nous rendions dans le dortoir pour une petite sieste en compagnie de peluches ou de poupées. Lorsque j'ouvrais les yeux, j'étais tout excitée à l'idée de vivre enfin mon moment préféré : au retour dans la classe, où j'apprenais à lire les mots « lapin » et « carotte » et à jouer du triangle pour le spectacle de fin d'année, nous étaient distribuées, à tour de rôle, des timbales remplies d'un lait crémeux, presque tiède et parfumé, doux comme le miel, dont le souvenir restera à jamais lié à cette période de ma vie.

Les choses sérieuses commencent avec mon entrée au collège Gambetta, chargé d'accueillir les élèves de sexe féminin, du cours préparatoire à la troisième. Les garçons, qui jouent dans la même cour que nous, coupée en deux par une ligne jaune, doivent passer par la porte se trouvant rue Carnot. La mixité n'existe pas encore. Chacun possède son territoire de part et d'autre des trois marronniers. Celui ou celle qui pose un pied dans le camp de l'autre se fait réprimander immédiatement. La punition est toujours la même : tourner autour des arbres, les mains derrière le dos, jusqu'à la fin de la récréation. Ce qui n'empêche pas garçons et filles d'échapper à la vigilance des instituteurs en s'interpellant ou en échangeant des regards langoureux...

J'ai la chance de tomber dans la classe de Mlle Rutillet, une institutrice de taille moyenne, aux cheveux fins, qui ne peut pas se séparer de ses lunettes et porte des jupes longues cachant une partie de ses mollets. Son visage n'est pas plus gros que celui d'un chat. Cette femme exerce depuis des années avec bonheur et talent. D'ailleurs, il faut être amoureuse de son métier pour s'intéresser comme elle l'a fait à une petite fille comme moi, assise au fond de la salle, silencieuse et renfermée. Très vite elle se rend compte que je ne parle que trois mots de français car ma participation à la vie de la classe se révèle quasi nulle.

Mlle Rutillet, patiente et généreuse, me prend alors sous son aile en décidant de me donner gratuitement, tous les jeudis, des cours de français. Pendant que les autres enfants restent chez eux ou se retrouvent au patronage — la garderie de l'époque, où l'on pouvait aller cueillir des fruits dans les vergers qui s'étendent sur des kilomètres alentour —, je m'extrais de ma langue maternelle pour en intégrer une autre, ce qui me demande de gros efforts d'adaptation. Ma mère participe à cet apprentissage, mon institutrice lui ayant fortement conseillé de n'utiliser que le français à la maison. Le français de maman est très approximatif. Il n'empêche que le kabyle m'échappe peu à peu — et je le déplore aujourd'hui —, mais j'ai de belles compensations. Le travail que je fournis porte en effet très vite ses fruits.

En quelques mois, je maîtrise les rudiments de la lecture et comprends l'énoncé des problèmes qui me sont posés. Bien entendu, je ne suis pas aussi rapide que les autres. Mais quelle joie de pouvoir enfin communiquer ! Cette source de bonheur m'entraîne vers mes nouvelles camarades qui me félicitent d'ailleurs pour tant de persévérance. L'amitié est au rendez-vous, ainsi que les inimitiés. Maintenant que je comprends le français, il m'arrive de devoir affronter certaines moqueries, dont je n'avais pas conscience auparavant. Pas des remarques « racistes », non, plutôt des cruautés de gosses. Salima Gridou, chef de bande de la classe de CE1, de mère française et de père tunisien, m'a depuis longtemps élue tête de Turc. Le plaisir qu'elle prend à me terroriser est évident et je suis une proie facile. La première fois, elle jette de l'encre dans mes cheveux roux, qui ne vireront au noir corbeau que l'année de mes douze ans. La deuxième fois, c'est ma blouse qu'elle arrache. J'en parle à Salem qui ne prend pas la chose à la légère mais réagit d'une drôle de façon.

— Si elle t'embête encore, tu reviens à la maison avec une poignée de ses cheveux, tu as compris ?

En conséquence, lorsque Salima veut me faire avaler un noyau de pêche, je crains tellement de décevoir mon beau-père que mes mains tirent de toutes leurs forces sur les rubans qu'elle porte dans sa chevelure. J'ai gardé la journée entière, serrée entre mes doigts, une superbe mèche de cette tignasse.

Malgré mes efforts, je passe de justesse en CE1. Ma mère, m'ayant confiée les yeux fermés à la République, ne parle jamais de l'école, mes parents savent que j'y suis bien. J'ai la chance d'accéder au savoir, ils n'en demandent pas plus et s'en remettent à cette institution qu'ils respectent profondément et dont les cours d'instruction civique renforceront les bases de mon éducation déjà tournée vers le respect et la solidarité.

Chaque jour, pendant un quart d'heure, l'institutrice nous apprend comment nous comporter en société, comment céder sa place dans le bus à une femme enceinte ou prendre la main d'une personne âgée pour l'aider à traverser.

Cette année-là, je sympathise avec Dolores Turpas, la première de la classe, à qui sa maman achète tous les matins un petit pain au chocolat pour son goûter. Dolores a la peau pâle, elle est douce, polie et ne porte que des jupes plissées. Lorsqu'elle s'aperçoit qu'une de ses camarades n'a rien à manger avant l'étude du soir, elle coupe son petit pain en deux et le partage.

Mon groupe d'amies s'élargit peu à peu. Je n'ai pas toujours bon caractère mais les filles savent que je suis fidèle, discrète — je peux garder un secret — et toujours prête à me battre pour défendre les plus faibles. C'est ainsi que j'obtiendrai, plusieurs années de suite, le prix de la camaraderie.

Regina Diego, Myriam Kouchema, Josiane Beval, Josette Darabou, entre autres, font partie du petit groupe que nous formons avec Farida Abbou et Fatima Mednani. Ensemble nous nous serrons les coudes, toujours prêtes à nous réconforter les unes les autres.

Josiane Beval est un peu différente. Ses parents étant les gardiens du collège, elle croit jouir, de ce fait, d'une certaine supériorité par rapport à nous. J'ai de l'admiration pour elle, tout en la considérant parfois comme ma rivale car nous nous ressemblons. Comme moi elle est grande et sèche, comme moi elle se montre nerveuse et nous sommes les deux filles à courir le plus vite pendant le cours de gymnastique, à une seconde d'écart !

Les choses se gâtent lorsque arrive en CE2, en 1962, Mme Grégo, une pied-noir fraîchement débarquée d'Algérie. Cette tigresse aux cheveux crépus n'a qu'une seule obsession : la propreté. Le calvaire commence dès le lundi par l'inspection de nos sous-vêtements ! Dieu merci, ma mère a toujours pris soin de changer notre linge régulièrement. Il n'en est pas de même pour Yvette Bury dont la petite culotte montre des signes de faiblesse chaque début de semaine. Mme Grégo, qui n'a plus toute sa tête et que personne ne soupçonne de nous humilier si cruellement, envoie les coupables au placard sous les yeux ahuris des autres élèves qui ne comprennent pas de quoi on les accuse. Quant à moi, n'ayant rien à me reprocher dans ce domaine, c'est sur ma queue-de-cheval que Mme Grégo s'acharne régulièrement. J'ai beau être jeune, ces méthodes me paraissent tout de même étranges. Ma mère, à qui je répète que mon institutrice a un drôle de comportement, ne semble pas s'en formaliser.

— Ce n'est pas grave, tu n'as rien à craindre, tu es propre !

— Mais maman, elle m'attrape tout le temps par ma queue-de-cheval...

— Alors c'est que tu n'as pas été sage !

Sans compter les samedis où notre institutrice n'a pas envie de travailler. Perchée sur son estrade, une craie dans chaque main, elle se met à dessiner au tableau. Nous devons croiser les bras et la regarder se livrer à son art, de dos, la matinée entière. Tout y passe, les paysages, les visages, les animaux, avec un certain talent d'ailleurs, dont nous nous moquons tous éperdument ! Les fesses plombées sur nos chaises en bois, nous avons du mal à garder notre calme.

Aucun des enfants n'osant se plaindre, ce calvaire durera des années, jusqu'à ce que Malika, ma petite sœur, rentre un jour en pleurant à la maison.

— Mme Grégo a voulu voir...

Malika n'a même pas fini sa phrase que je suis déjà sur la route de l'école, puis dans l'école, puis face à la Grégo. Et j'ai beau n'avoir que quatorze ans, cela ne m'empêche pas de lui mettre ma main sur la figure devant tous ses élèves. Mon coup de poing produit son effet, la voilà au tapis, les quatre fers en l'air.

— Si vous persistez avec votre tournée des petites culottes, je vous jure que ça va mal se passer !

Je n'ai sans doute pas le droit d'agir de la sorte, mais elle non plus ! Nous sommes donc quittes.

Soulagée d'avoir enfin pu dévoiler au grand jour le comportement pervers d'une enseignante envers ses élèves, c'est l'esprit tranquille que je me rends à la convocation de la directrice, Mlle Migraine, à qui je raconte calmement les agissements de l'institutrice :

— Moi aussi elle me le faisait quand j'étais petite ! Allez demander à toutes celles qui sont passées dans sa classe...

Mlle Migraine, qui s'est toujours montrée bienveillante et compréhensive à mon égard, sait que je dis la vérité. Elle m'a connue à l'époque où je ne parlais pas encore français. A travers mon comportement de tous les jours, elle a eu le temps de m'observer et ainsi de se rendre compte à quel point je déteste le mensonge. Mme Grégo finira par être renvoyée.

Par la suite, ma scolarité évoluera de façon régulière. Plutôt bonne élève, je me passionne pour l'histoire-géographie et le français, que je maîtrise totalement à présent. En revanche, les mathématiques ne sont pas mon fort. Mais je suis pugnace et me maintiens dans le groupe de tête. Maman ne voit là aucunement matière à pavoiser. Que je sois douée lui importe peu, puisque, à ses yeux, mon destin est déjà tout tracé.

Mon entrée en sixième me fait basculer du côté des grands. Je fréquente toujours le même établissement, mais j'ai désormais plusieurs professeurs et un emploi du temps qui s'alourdit. Je ne me plains pas. Apprendre me rend plus forte. Chaque jour, je vais donc au collège le cœur à l'ouvrage. Là, je me sens à l'abri et peux montrer de quoi je suis capable en étant certaine d'avoir, en retour, les encouragements de mes professeurs. Dans mon esprit, il n'y a aucun doute : j'irai jusqu'à la licence.

C'était compter sans ma mère. Ah, maman...

*
* *

— Tu vas apprendre un métier. Tu as déjà seize ans. Pas question que tu restes à l'école toute ta vie !

J'étais pourtant brillante... Je venais d'achever ma troisième avec des notes plus que convenables. Mais c'était ça ou rester à la maison et devenir la bonne à tout faire !

CAP de sténodactylo... J'ai abandonné le collège pour le lycée technique. Tous les matins, je m'y rendais en traînant les pieds, heureuse tout de même de retrouver mon amie, Maryline, qui m'avait emboîté le pas. Son père, ancien cheminot, avait décidé que, diplôme ou pas diplôme, sa fille devrait ensuite travailler.

Les deux premières années, je n'ai strictement rien fait. Pour cette raison, mon professeur de sténo, Mme Vuibert, m'a rapidement classée dans la catégorie des dilettantes. Ma motivation étant au point mort, je me suis laissé porter par le vent, me contentant de recopier bêtement les annotations du tableau sur mon cahier. Quant aux zéros pointés que je récoltais, ils étaient le dernier de mes soucis.

Au terme de la deuxième année, j'ai réalisé qu'il me faudrait passer l'examen permettant d'accéder en dernier « cycle », c'est-à-dire une année supplémentaire qui menait à l'obtention du diplôme final. Je venais de passer vingt-quatre mois à rigoler avec mes copines... Finie la plaisanterie ! Si je ne voulais pas me retrouver recalée avant même d'avoir pu prouver à ma mère ce dont j'étais capable, je devais à présent gravir des montagnes. En quinze jours, j'ai abattu le travail que je n'avais pas fourni auparavant. Tout était prétexte pour mettre en pratique la méthode Prévost-Delaunay. Je prenais en sténo les chansons entendues à la radio, les dialogues de certaines émissions de télévision et même ce que me disait maman !

Le jour de l'examen, j'ai obtenu l'une des meilleures notes de ma « promotion ». La mère Vuibert n'en est toujours pas revenue. M'ayant connue nonchalante et oisive, elle ne pouvait pas concevoir que je puisse tout à coup faire partie du peloton de tête.

— Vous n'êtes qu'une tricheuse, une fumiste ! Je vais demander que vous passiez en conseil de discipline, vous n'avez rien fait pendant deux ans ! A qui allez-vous faire croire un tel retournement de situation ?

Mme Chabert, la surveillante, a convoqué ma mère. Je n'avais aucun doute sur la manière dont celle-ci me défendrait : je venais de passer quinze jours enfermée dans ma chambre, à bûcher comme je ne l'avais jamais fait. Pour cela, maman avait même accepté — exceptionnellement — de me libérer de certaines tâches ménagères !

Tout en gardant mon calme, j'ai proposé à Mme Vuibert de m'interroger tout de suite, sur un autre texte de son choix. Je pourrais m'installer à une table seule. Ainsi, elle serait en mesure de constater que je n'avais pas fraudé.

Finalement, elle a dû se rendre à l'évidence, de mauvaise grâce, le niveau de mes résultats étant plus qu'honorable.

Et je ne suis absolument pour rien dans sa dépression nerveuse, que l'on m'a par la suite accusée d'avoir provoquée. Etait-ce ma faute si j'avais rattrapé en quinze jours le programme de deux ans ?

*
* *

Pour survivre à la violence, j'ai un truc imparable : je me dédouble. A la maison, je suis Jamila la muette, celle qui ne dit rien et qui encaisse le poids des traditions sans broncher. Sous l'emprise des règles du code de l'honneur que mes oncles, eux non plus, ne se privent pas de me rappeler, je me contente de survivre car, quoi que je fasse, je suis cernée de tous côtés. Nous avons tellement de cousins et cousines dans les environs que tous mes faits et gestes sont épiés.

Au-dehors, en revanche, même si je prends le risque que l'on m'aperçoive, je me sens plus forte, je suis Jamila le pitre, qui ne pense qu'à rire et s'amuser. Au collège, personne ne soupçonne un instant que ma mère puisse se défouler aussi sauvagement sur moi. Si j'ai un bleu au bras, je pare aux questions indiscrètes :

— Je me suis cognée...

Ma mère ne frappe jamais au visage parce que cela se voit. C'est surtout mon buste, mon dos, mes jambes et mes bras qui sont le plus marqués. Alors je m'arrange pour ne porter que des pantalons sur lesquels je laisse flotter des chemises ou des pulls à manches longues. Qui pourrait se douter de quoi que ce soit ? Ma fabuleuse envie de vivre fait son retour en force lorsque je peux respirer loin de la maison... Loin des coups et de ce que ma mère exige en retour. Car chaque fois qu'elle me frappe, maman veut que je lui demande pardon !

— Dis pardon, dis pardon !

Pardon pour quoi ? Pour vouloir prendre du bon temps ? Ce n'est pas un crime que je sache ! Il ne manquerait plus que je fasse des excuses pour oser prétendre à une jeunesse digne de ce nom. Jamais je ne demanderai pardon, je suis tenace et ne cède pas. La hargne de ma mère redouble. Ça m'est égal, je prends les coups, Dieu m'aide à supporter la douleur, je ne demande pas pardon, ma mère non plus.

Je ne dis rien à personne de ce calvaire. Il ne me viendrait jamais à l'esprit d'en parler à qui que ce soit. Même mon oncle Amachi, qui est par ailleurs plutôt gentil avec moi, m'a mise en garde dès mon enfance :

— Si tu racontes ce qui se passe à la maison, je te roule dessus avec les quatre roues de ma voiture !

Terrorisée à l'idée de me faire écraser, traumatisée par ces paroles que je prends pour argent comptant, je me jure de garder le silence. Je sais à présent que chez nous, les problèmes se règlent en famille. Les étrangers n'ont qu'à se mêler de leurs affaires !

Il y a cependant des rendez-vous auxquels je ne peux me soustraire. Le 15 novembre 1972, alors que j'entame ma dernière année de CAP, je suis convoquée pour une visite médicale obligatoire. Je viens de passer deux jours dans ma chambre, ma mère m'ayant encore fracassée. Je me rends au lycée à reculons, le cœur battant et les mains moites. Je redoute le pire lorsque le médecin, une femme d'une quarantaine d'années, me demande de me déshabiller. Pas question ! Aussi raide qu'un piquet, je ne bouge pas d'un pouce.

— Si c'est un problème de pudeur ou de règles, c'est sans importance, je sais ce que c'est.

Et moi, je sais que si je retire mes vêtements, c'est ma vie que ce médecin lira sur mon corps ! Je ne veux pas trahir ma mère. Pendant les deux jours précédant la visite, je n'ai rien avalé de consistant, je me sens faible, rien d'étonnant à cela, cela fait des mois que je n'ai plus droit à mon quota de sommeil. Je m'évanouis. L'infirmière, qui assiste le médecin, me dépose délicatement sur le lit. Ses craintes étaient bien fondées, elle le comprend en retirant mon pull puis mon pantalon. Les nombreuses ecchymoses qui couvrent ma peau en disent long sur mon état de maltraitance. Elle appelle alors l'assistante sociale du lycée.

Je reçois de petites tapes sur la joue et refais surface. L'assistance sociale veut savoir qui me frappe ainsi.

— C'est un de tes frères ? Ton père ?

Je reste muette comme une carpe. L'infirmière, sentant à quel point je résiste, change son fusil d'épaule. La corde sensible sur laquelle elle joue vibre en moi.

— N'aie crainte, nous sommes là pour te protéger. Moi aussi j'ai été une enfant battue, c'est pour cette raison que j'exerce ce métier, pour venir en aide à ceux qui veulent parler mais qui ne le peuvent pas.

Alors, je prends ma respiration, je sens que me délivrer d'une partie de ce secret me soulagera.

— C'est ma mère !

Les trois femmes échangent un regard consterné.

De retour à la maison, je ne dis évidemment rien à maman. J'espère seulement que mes révélations ne se répandront pas en dehors de l'enceinte du lycée. Je suis une jeune fille musulmane qui subit de mauvais traitements... Et après ! D'abord, ce n'est pas tous les jours... Maman n'est pas une mauvaise femme, ni même une mauvaise mère. Elle est simplement malade de voir que son passé n'est que misère et que son avenir n'est guère plus encourageant. Il est normal qu'elle se venge sur moi, moi qui représente sans doute celle qu'elle ne sera jamais, moi qui suis la fille de celui qui a tué sa mère... Je suis comme tous les enfants battus : je défends ma tortionnaire.

Une semaine plus tard, à la suite du rapport effectué par l'assistante sociale — rapport dont je ne suis pas informée —, je suis priée de me présenter chez André Coulon, juge pour enfants au tribunal de Bobigny. Honteuse de la tempête que j'ai provoquée, assise sur le bord du fauteuil, les mains sur mes genoux, j'attends avec impatience de savoir ce que je fais là.

Au vu du dossier, le juge, qui me regarde avec bienveillance, souhaite me retirer de chez mes parents. J'en tremble d'effroi, ma réponse tombe comme un couperet.

— Jamais !

Cet homme de cœur a senti mon désarroi, je ne veux pas que l'on m'arrache à mes racines. De plus, quitter la maison signifierait mettre un terme à ma dernière année de CAP. La sténodactylo ne me passionne pas mais cette filière a au moins le mérite de me garder une place au chaud dans le monde des études.

Après avoir longuement réfléchi, le juge consent à me donner une deuxième chance.

— D'accord, mais si elle recommence, tu viens me voir.

J'accepte, du moment qu'on me fiche la paix. Je n'ai aucune intention de revenir dans ce bureau pour m'entendre dire que je vais être séparée de ma mère. Avant de me laisser partir, le juge m'informe de mes droits.

— En France, les parents ne doivent pas battre leurs enfants, ils peuvent aller en prison pour cette infraction, c'est grave, Jamila, n'est-ce pas ?

Grave ? Je hoche la tête pour faire croire que je sais... mais bien entendu, ce n'est pas le cas.

Bien qu'il me soit encore difficile de rejeter tout en bloc, je commence à prendre conscience, à ce moment-là, que mon éducation n'a rien à voir avec celle qu'on prodigue dans le pays qui m'a vue naître, celui de la liberté. Cependant, les coups ne cessent toujours pas. En grandissant, j'ai de plus en plus de mal à accepter cet acharnement alors que je tente, par tous les moyens, de démontrer que je n'ai pas l'intention de m'éloigner du droit chemin.

Avec le temps, j'en ai assez de me faire traiter comme un animal, comme une moins que rien. Eclairée par les déclarations du juge, et même s'il m'est extrêmement pénible de devoir lâcher le lycée alors que j'aborde la dernière ligne droite, je n'hésite pas à prendre une des décisions les plus douloureuses de ma vie. Je veux quitter la maison !

Ma petite sœur Ghania, âgée de neuf ans, m'aide

à faire mes bagages. Je lui demande de garder le secret. A peine trois semaines après ma visite médicale, le 6 décembre, Maryline vient me chercher tôt le matin. Tout le monde dort encore. Ensemble nous partons voir le juge André Coulon qui me place dans un établissement, le foyer Honda, porte de Bagnolet, pour quelques jours, le temps que je réfléchisse à cette situation infernale qui m'écartèle de plus en plus. J'aime ma mère parce que nous sommes du même sang, je déteste ma mère parce qu'elle me fait souffrir et ne me comprend pas. Sans elle je suffoque, avec elle j'étouffe. J'ai besoin de cette séparation temporaire qui, je l'espère, nous permettra de nous retrouver un peu mieux, un peu moins mal... Pendant quarante-huit heures, je ne donne aucun signe de vie.

Choquée, inquiète, ma mère lance alors un avis de recherche. Moi qui ne suis jamais rentrée après dix-huit heures, je découche !

Après avoir été informée de mon nouveau lieu de résidence, comprenant peut-être à quel point je dois être malheureuse pour en arriver là, maman augmente les doses de Valium, ce qui enraye momentanément sa déprime... et s'aperçoit qu'elle ne peut vivre sans moi.

Je reste dans ce foyer un peu moins d'un mois, le temps pour Lounes — mon amoureux secret — de passer me voir afin que nous prenions la fuite tous les deux. Il profite de l'absence de ma garde rapprochée pour m'offrir une chance de pouvoir enfin vivre libres ! J'en ai terriblement envie, passer mes bras autour de son cou, sentir sa chaleur tout contre moi, entendre des mots d'amour... Mais la peur des représailles paralyse mon désir.

— Désolée, Lounes... Ma mère s'est sacrifiée toute sa vie pour moi. Je ne veux pas la déshonorer.

Face à mon obstination, je l'entends me répondre :

— Tu peux bien rester avec tes principes de vieille musulmane !

Mon prince charmant, en une seconde, vient de passer dans le camp des voyous. Je me console en me disant que je n'ai vraiment pas besoin de cela, pas en ce moment...

Le 31 décembre 1972, le juge Coulon convoque ma mère qui se présente au rendez-vous, accompagnée par son frère Amachi. Il leur signifie que je ne souhaite pas revenir à la maison, pas tout de suite. Ma mère, destituée de ses droits, encaisse avec dignité le fait que je devienne pupille de la nation. C'est moi qui ai pris cette décision insupportable, tellement insupportable que me nourrir devient un supplice. Mes règles se sont arrêtées. Les douleurs abdominales sont si intenses que je suis hospitalisée d'urgence puis envoyée en maison de repos, pour une durée indéterminée me dit-on. Je passe trois mois à l'hôpital intercommunal de Montreuil et un mois à la Jonquière, près de Bayonne, dans un centre pour adultes. J'y trouve le calme dont j'ai besoin. Le juge Coulon sait à quel point j'étais heureuse à l'idée d'obtenir mon diplôme. Il aimerait que cette parenthèse dans ma scolarité n'ait pas de conséquences trop lourdes sur mon avenir. Il fait donc le nécessaire pour que les éducateurs de la DDASS, qui m'ont prise en charge, m'inscrivent dans une école spécialisée dont l'enseignement, complété par les cours que mes camarades m'envoient, me permet de préserver mon niveau. Cela me demande le double de travail. Je m'accroche !

Mais la solitude me pèse. J'écris à ma famille et surtout à ma mère, sans grand espoir d'obtenir une lettre de qui que ce soit. C'est pourtant maman qui me répond la première, par l'intermédiaire de ma petite sœur Malika. Elle me supplie de rentrer à Noisy. « Tu es le soleil de ma vie », dit-elle.

Il aura fallu que je tombe gravement malade pour lire, enfin, ces mots réconfortants, ces mots tardifs auxquels je m'accroche désespérément. Je me laisse attendrir et, au printemps, je réintègre le domicile pour quelques mois d'accalmie. Terriblement amaigrie, ma mère, qui pendant toute cette période a dormi avec ma chemise de nuit, ne me bat plus. Ce qui, à mes yeux, constitue un effort remarquable. Je me sens mieux.

Je suis même parvenue à passer mon examen final au terme d'une année plutôt chaotique pendant laquelle j'ai refusé de baisser les bras. Mes efforts sont payants. Ma fierté est à son comble lorsque j'apprends que je suis reçue. A la maison, j'annonce mon succès dans l'indifférence la plus totale.

Ma mère a d'autres projets...

En ce mois de juin 1973, titulaire d'un CAP de sténodactylo, je suis décidée à trouver du travail, maman ayant du mal à assumer financièrement la charge de la famille.

Mon amie de toujours, Maryline, petite blonde ravissante, se porte alors garante pour moi afin que je puisse entrer en tant que secrétaire dans la bijouterie qui l'emploie. Je suis folle de joie à l'idée de commencer le 2 septembre prochain. Ma première paye, presque la liberté ! Ma mère s'y oppose avec force, aidée en cela par mon oncle Amachi qui depuis quelque temps me met, lui aussi, des bâtons dans les roues.

— Une fille musulmane ne doit pas travailler, surtout lorsqu'elle est encore célibataire !

C'est à n'y plus rien comprendre. Il y a trois ans, ma mère me retirait du collège parce qu'elle voulait que je fasse quelque chose de mes dix doigts. Aujourd'hui, elle prône le contraire... Timidement, je le lui fais remarquer. Maman balaie mon étonnement par un haussement d'épaules. Après tout, elle n'est pas à une contradiction près... Moi non plus.

C'est ainsi que je me retrouve en Algérie, en juillet de la même année, pour un prétendu baptême... Maryline, cet été-là, s'est mariée. Je devais être sa demoiselle d'honneur. Je ne me suis pas rendue à la cérémonie, et pour cause. Au moment où elle prononçait le « oui » fatidique, j'étais dans les bras de Mustapha Zenka, à mon corps défendant.

V

Après le mariage forcé, après que ma mère m'a abandonnée sur la route comme un chien, je crois devenir folle, je contracte une drôle de fièvre qui persiste à tel point qu'il m'arrive souvent de perdre connaissance. Les femmes, n'ayant rien trouvé de mieux que de me réveiller à plusieurs reprises en me faisant respirer de l'ammoniaque pure, envoient alors chercher le marabout, un vieux monsieur barbu qui porte une gandoura, la robe blanche des hommes. Il lit le Coran et hurle dans mes oreilles :

— Dieu est grand, Dieu est grand !

La famille de Mustapha Zenka, me croyant envoûtée, veut me débarrasser de ce mauvais sort. Il n'y a bien qu'eux pour imaginer de telles extravagances ! Les autres habitants de la ville savent que j'ai toute ma tête, que mon seul crime est d'avoir osé montrer ma colère et mon indignation face à un clan soudé et terrorisé par le qu'en-dira-t-on.

Par la force des choses, je suis à présent mariée et cloîtrée à Biskra. Les cheveux de Mustapha Zenka, en quelques jours, viennent de virer au blanc, il attrape également un ulcère. Sa mauvaise conscience lui jouerait-elle un tour ? Il se met boire, lui qui n'a jamais touché un verre d'alcool de sa vie. Une semaine après notre « nuit de noces », sous l'emprise de la bière, il tente de me prendre de force, ce qu'il ne parvient pas à faire car cette fois, il n'y a personne pour m'attacher les jambes et les bras. Cet échec total lui fait comprendre qu'il vaut mieux rentrer en France, mais sans moi. Il me confie alors à son cousin Rachid, avec ordre de me laisser vivre comme je l'entends. Je me fais héberger par sa tante Fatna dont le mari possède une grosse limonaderie en plein centre-ville. Chez eux, je retrouve un semblant de cocon, ils ne me posent aucune question, me permettant d'aller et venir à mon gré.

Afin que les journées soient moins éprouvantes et puisque je n'ai pas d'autre choix que celui de rester, autant travailler. J'obtiens un emploi de secrétaire à la mairie de Biskra qui me permet d'avoir un peu d'argent et surtout de ne pas penser à ma famille, laquelle me manque terriblement. J'en profite pour perfectionner ma sténodactylo.

Mes frères Amar et Belkacem n'ont pas été informés de la situation. Ils pensent que je suis restée en Algérie pour profiter du pays. Ma mère sait que leur réaction risque d'être véhémente, elle préfère retarder le moment de vérité. De mon côté, la chance semble me faire un signe : le fils de l'adjudant, qui vit près de la maison de Mustapha Zenka, a eu vent de mon histoire, laquelle n'est d'ailleurs à présent un secret pour personne. L'adjudant est un personnage important dans le village. Il a conservé de l'époque coloniale son casque, sa chemise saharienne, son short et ses grandes chaussettes qui montent jusqu'aux genoux. Son fils, lui, veut m'aider. Il me téléphone donc un matin pour me proposer de m'emmener à Alger en voiture. De là, je pourrai facilement prendre un avion pour Paris. Avant cela, je dois lui remettre un papier sur lequel figureront les coordonnées de ma famille afin qu'il la prévienne.

Mais ma chance s'arrête là. Mustapha Zenka, mis au courant par je ne sais quel informateur bien intentionné, débarque subitement à Biskra et vient m'attendre à la sortie de mon travail. Je suis surprise et cache ma déception derrière un sourire de circonstance. Mon seul but ? Me débarrasser de sa présence au plus vite ! Mais il ne l'entend pas de cette oreille, il veut passer la soirée avec moi et son cousin Rachid. Une grande fête est organisée sous une tente, la *Khaima*. Nous partons dîner tous les trois dans une ambiance plutôt morose, j'ai l'estomac noué et ne touche pratiquement pas aux plats qui me sont servis.

En quittant la table, Mustapha Zenka, qui jusquelà s'était efforcé de se montrer sous son meilleur jour, dévoile sa vraie nature en me volant mon sac. Oui, mon soi-disant mari me vole mon sac ! Depuis le début il se doute que je ne suis pas prête à croupir au fin fond de Biskra, il a eu vent de mon projet d'évasion vers Alger. Ses petits doigts nerveux fouillent et trouvent la lettre destinée au fils de l'adjudant, avec les coordonnées familiales. Il savoure sa victoire : « Je le savais bien ! » voilà ce que ses yeux et son sourire radieux semblent vouloir dire.

Evidemment, il essaie de me frapper mais son cousin s'interpose, recevant les coups à ma place. Pauvre Rachid, téméraire et courageux, dont l'arcade sourcilière s'est ouverte...

Aussitôt, Mustapha Zenka, qui aux yeux de la loi a les pleins pouvoirs sur moi, me retire de chez Fatna et me fait réintégrer le domicile conjugal. Moi qui commençais juste à reprendre du poil de la bête ! C'est plus qu'il ne m'en faut... Je suis désormais à la merci de mon « mari », je sais qu'il me surveillera comme le lait sur le feu. Le semblant de liberté qui m'était accordé disparaît en fumée, je n'ai aucun espoir de m'en sortir. Après tout ce que la vie m'a infligé, plus aucune perspective ne s'offre à moi, sauf celle d'en finir pour de bon.

Une des lames de rasoir de Zenka traîne dans la chambre. Dans les toilettes, alors que tout le monde fait la sieste, je m'ouvre les veines sans me poser de questions, je n'ai même pas l'impression de souffrir, je me vide de mon sang, je ferme les yeux, je vois des étoiles et m'écroule sur le sol, les poignets grands ouverts.

Malheureusement, ma tentative échoue, je me réveille à l'hôpital de Biskra. Néanmoins, un de mes cousins, chef anesthésiste dans ce même hôpital, prend conscience de mon drame et constate les dégâts. Cette situation ne peut plus durer. Il faut que ma famille prenne ses responsabilités. Il envoie donc un télégramme en France avec ces simples mots : « Jamila mourante, venir d'urgence ! »

Le télégramme arrive bien à Noisy mais finit sa

course sur le réfrigérateur, ma mère ne sachant pas lire. Il y restera toute la journée, le temps que Belkacem mette la main dessus. Complètement affolé, celui-ci monte voir maman pour lui demander des explications. Il la trouve confortablement installée dans le canapé, regardant la télévision. Mon frère, qui n'a pas l'habitude de mâcher ses mots, constate avec effarement qu'elle lui a menti une fois de plus, la tension monte, il éteint le poste et se plante devant elle :

— Ta fille est en train de crever et toi tu ne dis rien ! Si Jamila meurt, je vous tue tous ! Alors maintenant tu te lèves, tu veux voir ta fille disparaître ? Viens !

Belkacem trouve instantanément deux billets d'avion, un pour lui, un pour ma mère, direction Alger. A son arrivée, il ne peut s'empêcher de coller son poing sur l'affreux rictus de Mustapha Zenka avant de lâcher à la famille qui l'observe :

— Vous êtes des salopards, tous des chiens !

Puis il court me rendre visite. Je ne le vois pas entrer dans la chambre, je suis trop faible pour lever la tête. Ce n'est que lorsque je sens la pression de ses doigts que je l'aperçois, il pleure, pensant que je vais mourir. Je suis tellement heureuse de le savoir enfin près de moi que la température de mon corps, devenu dur, devenu froid, monte en flèche. J'ai envie qu'il me prenne dans ses bras mais les perfusions l'en empêchent. Lui seul peut comprendre les épreuves que j'ai subies. Il a alors ces paroles merveilleuses, tellement merveilleuses que je les transmets à ceux qui souffrent encore aujourd'hui :

— Jamila, la vie, c'est comme une maison. Dans chaque maison, il y a une cave. Tu ne peux pas descendre plus bas. Tu es dans le noir le plus total, tu te salis, tu frôles les toiles d'araignée, tu te cognes, tu as peur des rats et tu cherches à tâtons l'escalier. Enfin tu arrives au rez-de-chaussée. Là, tu es dans la pénombre. Tu parviens au premier étage. Tu vois la lumière du jour. Dorénavant, chaque fois qu'il t'arrivera un coup dur, tu te retrouveras à la cave. Mais maintenant tu connaîtras le chemin. La vie ne peut être que douce pour toi à présent.

Que Dieu puisse à jamais protéger mon frère !

Dieu ne m'a pas totalement entendue car, alors que mon frère veut me ramener en France, sa femme Lilia, qui se trouve en Algérie pour quelque temps, perd son bébé. Belkacem, fou de chagrin, décide de rester. C'est donc avec ma mère et Mustapha Zenka que je fais le voyage du retour, lequel se déroule dans un silence de mort, sans un mot prononcé de part et d'autre.

Arrivée à l'aéroport, je les sème et prends un taxi pour me rendre chez mon demi-frère Roger, le fils aîné de Salem, qui vit à Gennevilliers. Etranger à toute cette histoire, n'ayant jamais été convié aux préparatifs de mon mariage, Roger ne comprend pas ce que je fais debout sur son paillasson, maigre comme un clou, à six heures du soir.

— Roger, ils viennent de me marier de force, aide-moi s'il te plaît !

Il me fait entrer mais je le sens mal à l'aise. Je lui explique rapidement les raisons de ma fugue, en espérant que nos liens familiaux lui imposeront le devoir de m'héberger. Mais mon demi-frère, qui ne fait pas partie des plus courageux, se sent redevable à ma mère de l'avoir élevé comme son propre fils.

— Je n'ai pas envie de trahir, je te ramène !

Lorsque je rentre à Noisy, ma mère, qui ne peut tout de même pas me laisser à la rue, accepte mon retour au sein de la famille. Mais elle n'a pas dit son dernier mot...

Alors que je viens de m'endormir, elle profite de mon assoupissement pour faire venir Mustapha Zenka. Elle veut que nous passions la nuit ensemble ! La porte de ma chambre n'a pas de poignée, je suis obligée de l'ouvrir avec une paire de ciseaux que je pose généralement sur ma table de nuit. Ayant un sommeil léger, j'entends des pas dans l'escalier, des voix qui chuchotent, les marches qui grincent. Quelqu'un essaie d'entrer ! Je reste immobile dans le noir tout en priant Dieu de me venir en aide. Mustapha Zenka parvient à pénétrer dans la pièce. Lorsqu'il pose la main sur moi, je fais un bond en hurlant, m'empare de la paire de ciseaux et la lui plante dans la main. Amar, qui entend nos cris, se précipite, empoigne l'intrus et le vire *manu militari* de ma chambre, dans laquelle il n'aurait jamais mis les pieds si ma mère n'en avait pas eu l'idée.

Exaspéré par tant d'acharnement à mon égard, Amar, qui jusque-là s'était tenu à distance des querelles familiales, prend les choses en main. S'il me reste un avenir, il se trouve loin de Noisy. Le lendemain matin, alors que je n'ai pas bougé de ma chambre, il me lance d'un air déterminé :

— Habille-toi, Jamila, tu t'en vas !

J'enfile ce qui me tombe sous la main, une robe en flanelle bleue, une paire de collants, des mocassins à petits talons noirs. Je noue mes cheveux, enfile mon imperméable vert pomme et passe mon sac en bandoulière autour de mes épaules. Je ne prends rien d'autre, je n'emporte pas de valise, juste ma carte de résidence — ma mère m'a volé mon passeport et ne me l'a pas restitué — mentionnant que j'ai la nationalité algérienne.

En effet, bien que la loi française ait précisé, dès 1969, que tout adolescent algérien de seize ans et trois mois né en France pouvait opter, de son plein gré, pour la nationalité de son choix, je n'ai pas eu mon mot à dire. Personne ne m'a demandé ce que j'en pensais, ni de quel côté mon cœur penchait. D'ailleurs, j'étais encore mineure et n'avais, par conséquent, aucun droit à la parole. Je me suis donc rendue docilement à la préfecture, en compagnie de maman, évidemment, qui ne tenait pas à ce que je perde ma véritable identité. Quatre semaines plus tard, lorsque j'ai récupéré ma carte de résidence stipulant que j'avais choisi la nationalité de mes parents, j'étais fière, malgré tout. Comme beaucoup d'autres de mes compatriotes d'ailleurs, qui n'ont pas hésité à remplacer leur carte d'identité par ce nouveau document représentant enfin un lien entre eux et leur pays d'origine.

Quant aux autres, ceux qui ne s'étaient pas présentés dans les délais impartis — c'est-à-dire un

102

mois — eh bien tant pis pour eux ! Ils devenaient français d'office.

Dix ans plus tard, à l'expiration de cette carte, j'opterai pour la nationalité française. Après tout, je suis née ici, j'aime ce pays. Ce choix, guidé en grande partie par l'affection que je porte à la France, me sera également dicté par la sagesse car, si l'on veut trouver du travail, il faut montrer patte blanche. Par deux fois je me verrai refuser un emploi, au moment même de signer mon contrat, ma carte de résidence ayant joué en ma défaveur. Mes compétences ne sont pas remises en cause, loin de là. Les tests effectués démontrent mes capacités, mais certains employeurs préfèrent embaucher des Français, même si ces derniers ont été moins convaincants.

Par chance, le consulat m'apprendra que, désormais, je ne suis plus obligée de choisir. Etre à la fois algérienne et française... Je ne pouvais pas refuser cette aubaine...

Je quitte la maison sans me retourner, les larmes aux yeux, j'ai mal au cœur de devoir m'enfuir dans de telles conditions mais il y va de ma survie. Amar me donne un ticket de bus.

Nos pas nous guident rapidement de la rue Pierre-Sémart à la rue Saint-Jean, en direction de l'avenue Jean-Jaurès. Derrière nous, au loin, Mustapha Zenka tente de nous suivre, ma mère lui ayant ordonné de me rattraper. Je l'ai entendue qui criait :

— Ramène-la, ramène-la !

Amar me presse d'avancer plus rapidement.

103

— Regarde, Jamila, voilà le 105, prends-le et va jusqu'à la mairie des Lilas. Fais ta vie, vas-y, cours !

Je monte dans le bus en catastrophe, je suis en nage, je n'ai nulle part où aller, je me mêle aux passagers, Amar disparaît au loin, je lui fais un signe de la main, je lui envoie un baiser. Mustapha Zenka arrive trop tard, il tourne la tête de gauche à droite, me cherche mais en vain, je suis déjà partie... Malgré mon appréhension, malgré la peur du vide, un sentiment de liberté m'envahit, je vais enfin pouvoir déplier mes ailes, ces ailes dont je ne me suis jamais servie. Vais-je savoir voler ? Et vers qui ?

*
* *

Ma première pensée va à André Coulon. Je lui téléphone et il accepte de me recevoir immédiatement, malgré un emploi du temps chargé.

— Mais je n'ai plus de ticket de bus !

— C'est sans importance, vous direz au contrôleur que vous êtes en route pour Bobigny. S'il veut vérifier, qu'il m'appelle !

Je raccroche, une lueur d'espoir dans le cœur.

Evidemment, le juge veut porter plainte contre ma mère et mon oncle Amachi, qui ont enfreint les lois de la République. Son ton est catégorique.

— Cette fois-ci, je les envoie en prison !

En prison ? Et pourquoi pas la peine de mort ! Je refuse.

André Coulon commence à montrer des signes d'énervement. Dans son esprit, le seul moyen de me sauver est de mettre à l'ombre ceux qu'il appelle mes tortionnaires. Il a du mal à comprendre ma résistance.

— Si vous persistez dans cette voie, je ne vous aide plus !

— Tant pis !

Je repars, sans abri pour me loger, mais avec la conscience tranquille. A la porte, le juge Coulon m'arrête un instant.

— Tenez, Jamila, je vous donne deux tickets et une pièce de cinq francs. Vous devriez aller à l'Armée du Salut, à Barbès-Rochechouart, le temps de vous remettre de vos émotions.

Je téléphone alors à Maryline, qui, atterrée par mes propos, m'invite à me réfugier chez elle. Réconfortée par tant de gentillesse, je ne peux malgré tout me résoudre à accepter la proposition qui m'est faite. Je ne veux pas créer d'ennuis à sa famille qui risquerait de pâtir de cet acte de solidarité. Ma mère connaît l'existence de Maryline et sait où elle habite. Je n'ai pas d'autre choix que de me rendre à l'Armée du Salut, boulevard de la Chapelle. Je me retrouve au milieu de filles paumées, épuisées par un parcours bien plus rude que le mien : maltraitées, violées, torturées. Des cas sociaux lourds... Je suis dirigée, après avoir mangé, dans une petite pièce presque vide que je partage avec une fille pas méchante mais un peu dingue.

Dès le lendemain, je me mets en quête d'un travail. Je contacte les agences d'intérim et obtiens une mission porte de Clichy, pour dix jours, comme secrétaire sténodactylo. Je suis accueillie par Claudine, une intérimaire en poste depuis deux mois. Mon directeur, un drôle de type aux cheveux bouclés, me repère immédiatement. Son regard ne laisse aucun doute sur ses intentions. Je suis rapidement convoquée dans son bureau.

Sûr de lui et des avantages que lui procure son poste dans la hiérarchie, il tente une première approche.

— Je vais vous dicter une lettre, venez donc sur mes genoux, vous y serez mieux installée.

Estomaquée par tant d'aplomb, je lui réponds du tac au tac :

— A l'école, on ne m'a pas appris à prendre la sténo sur les genoux !

Je claque la porte et fais part de mon désarroi à Claudine qui ne semble pas surprise. D'une voix tremblante, elle m'avoue son secret.

— Moi aussi je l'ai fait !

Elle peut-être ! Mais pas moi !

Dans mon éducation, il n'est pas fait mention de devoir baisser sa culotte pour un morceau de pain. Le directeur me rappelle quelques instants plus tard, croyant sans doute me cueillir dans de meilleures dispositions.

— Alors, on a réfléchi, mon petit mouton ?

C'est mal me connaître.

— Pas question !

— Vous êtes virée !

Claudine ne comprend pas.

— Une belle jeune fille comme toi, qui vit dans un foyer... Tu as la possibilité de t'en sortir et tu refuses ?

— Eh bien oui, je refuse ! Après tout, ma mère m'a très bien élevée...

Je retourne à la société d'intérim qui me confirme que pour le moment, il n'y a pas d'autre mission pour moi. Je frappe aux portes, j'arpente Paris à l'affût d'une proposition honnête. Le soir, je rentre à l'Armée du Salut, exténuée.

A Saint-Germain-des-Prés, un jour, je sympathise avec Elizabeth Koll, une Suédoise aux cheveux aussi blonds que les miens sont noirs. Son air jovial me plaît, la manière qu'elle a de parler aussi, avec franchise et spontanéité.

Elle travaille au pair et parfois me fait dormir en cachette dans la petite chambre mise à sa disposition. J'explique à ma nouvelle amie à quel point il est difficile de gagner sa vie. Elle me propose de l'accompagner à l'Accueil franco-nordique, par l'intermédiaire duquel je fais mon entrée chez la famille Poumol, boulevard Beaumarchais. Je suis logée dans un huit mètres carrés qui pour moi revêt l'allure d'un palais. J'ai enfin un vrai toit sur la tête, quatre murs pour me réchauffer, un lit et une table de chevet. La décoration est sommaire mais je suis tellement bien !

Je ne reçois aucun salaire de la famille Poumol qui m'offre un abri contre la garde de Marie-Catherine, certains soirs de la semaine lorsque monsieur et madame sortent, ce qui arrive régulièrement. La petite n'a que six mois mais, comme je me suis occupée de mes frères et sœurs pendant des années, mes gestes sont sûrs et je n'ai aucun mal à la bercer et à lui donner le biberon. Lorsque ses parents rentrent, je monte me coucher. Les relations entre nous se résument à des « bonjour, bonsoir », ils posent peu de questions, moi encore moins. Je ne représente à leurs yeux qu'une sorte d'« employée » à qui il ne faut surtout pas demander d'où elle vient ni comment elle en est arrivée là.

M. Poumol, malgré ma discrétion, se rend tout de même compte de la situation précaire dans laquelle je me trouve. Aussi maigre qu'un coucou, je ne mange pas à ma faim. Je me contente souvent de tremper du pain rassis dans du lait. Et puis il y a cette robe que je porte tous les jours, à même la peau, ainsi que les chaussons ouverts que je viens de troquer avec Elizabeth contre mes mocassins noirs. Nous sommes en plein hiver, je n'ai plus de collants, mes pieds montrent des signes de fatigue, j'ai des gerçures qui me brûlent et que je ne sais comment soigner.

Elizabeth a la même pointure que moi, je lui ai donc demandé de me donner ses pantoufles bleues dans lesquelles je suis plus à mon aise.

J'aurais pu bien sûr retourner à l'Armée du Salut, pour avoir de quoi me vêtir dignement. Mais c'est trop dangereux, Barbès ! La dernière fois, je me suis fait agresser par un homme à la sortie du métro, un grand Noir qui m'a passé la main autour du cou et à qui j'ai donné un coup de parapluie sur le visage. Il était en sang. Je me suis sauvée en pensant que je venais de le tuer. Pendant deux jours, je suis restée le nez sous ma couverture, de peur que la police ne me retrouve et me jette en prison. Ce qui a bien fait rire Elizabeth...

— Jamila, cesse de te faire des films, tu l'as sans doute blessé, rien de plus. D'ailleurs, il l'avait bien mérité !

N'empêche, je restais persuadée d'avoir commis un crime.

Par ailleurs, les gens de l'Armée du Salut, voyant que je ne cherchais plus de travail, m'ont gentiment fait comprendre que je ne devais pas rester au foyer...

Un soir, M. Poumol, publicitaire renommé, adulé par sa femme qui, pour le laisser travailler en paix, enferme Marie-Catherine et son landau dans la salle de bains, me dit d'un air détaché :

— Si vous voulez manger, il y a du pain et du fromage dans le réfrigérateur.

La proposition est tentante, je me laisse convaincre en toute bonne foi, sachant que je n'ai rien demandé. Je me sers avec grand plaisir et me repais de ce dîner de roi.

Je déguste mon plat principal en compagnie de la petite Marie-Catherine qui me lance des sourires radieux, trop contente de voir que quelqu'un s'occupe vraiment d'elle. Je lui chante des chansons parfois, j'aime la prendre dans mes bras, son odeur me réchauffe, elle me rappelle le lien qui m'unissait à chacun de mes frères et sœurs, lorsque je les serrais tout contre moi.

Alors que le thermomètre frôle le gel, vêtue de ma seule robe faisant également office de chemise de nuit, je suis réveillée au petit matin par Mme Poumol. L'air revêche, immobile dans son ensemble chic, la coupe au carré, elle me toise d'un air entendu avant de me prier de déguerpir au plus vite. A partir de maintenant, je ne fais plus partie des meubles.

— Vous avez volé du fromage et du pain, sachez, mademoiselle, que chez moi, on ne vole pas !

J'essaie de me défendre.

— C'est votre mari qui m'a permis...

Mon procès est jugé depuis longtemps.

— Dehors !

Je n'insiste pas, je ne sais pas qu'il existe des lois en France qui interdisent de mettre les gens à la porte en plein hiver. C'est sans importance, je ne veux pas tendre la main à ceux qui ne savent pas faire l'aumône. Mon seul regret est de ne pas pouvoir dire au revoir à Marie-Catherine, l'embrasser une dernière fois, lui dire que je ne la laisse pas tomber. Il paraît que les enfants comprennent tout, encore faut-il le leur expliquer...

Transie de froid, triste et angoissée, je me dirige vers le square le plus proche, le ventre vide, mon imperméable vert sur le dos. Le jour se lève, j'ai besoin de m'asseoir, je me laisse tomber sur un banc, le dos courbé. Dans le calme absolu de ce matin de novembre, je ne vois pas tout de suite cette femme qui s'approche de moi. D'une grande beauté, les cheveux dissimulés sous un foulard, elle ne prononce qu'une seule phrase, son sourire éclairé par un regard lumineux. Sa voix grave et rassurante fait monter en moi une douce chaleur dont je garde encore le souvenir.

— Allez vous présenter à Saint-François-Xavier, au Secours catholique. Prenez ce ticket de métro.

Séchez vos larmes, et surtout, ne restez pas sur ce banc...

Ses doigts frôlent ma main, aussi légers qu'une brise. Je ne la connais pas mais une petite voix intérieure me murmure : « Fais-lui confiance. » Le cœur moins lourd, je remercie la dame et me rends à l'endroit indiqué.

Je n'ai jamais revu cette femme mais son visage, depuis, me hante. Sans doute était-ce celui d'un ange...

VI

— Tu as dormi ici ? Tu n'as rien mangé ?

Les quatre jeunes qui entrent dans le dortoir m'assaillent de questions. Il est un peu plus de dix heures du matin lorsque j'ouvre les yeux, après une nuit passée dans un foyer de la rue de Crimée. Les religieuses m'ont accueillie la veille en me tendant un bout de pain et en m'offrant un bol de soupe. Une couverture rêche sous le bras, je me suis laissé conduire vers une grande salle située au sous-sol. Là, comme il n'y avait encore personne, j'ai choisi un lit près de la porte, sur lequel je me suis allongée pour m'endormir instantanément. Le sommeil est devenu mon seul refuge, celui dans lequel personne ne peut me poursuivre. Pas même les clochards et les sans-abri qui m'ont tenu compagnie cette nuit-là. Je ne les ai pas entendus entrer, je ne les ai pas entendus sortir. Je n'ai appris leur présence que par la suite.

A mon réveil, j'ai du mal à retrouver mes repères, je me demande ce que je fais dans cette pièce immense, froide et impersonnelle, saturée de matelas vides. Lorsque je réalise enfin ma présence dans ce dortoir, je ne peux retenir mes larmes. Je viens d'une famille nombreuse. A présent, qu'en reste-t-il ? Ces quatre murs, témoins de ma solitude, représentent un abri, bien sûr. Mais aussi tout ce à quoi j'aurais souhaité échapper : la détresse.

Désespérément seule, à bout de larmes, j'ai pensé au pire. Hier, en traversant le canal de l'Ourcq pour me rendre au foyer « L'Abri », je me suis arrêtée sur le pont, au-dessus de l'eau. Penchée sur la balustrade, j'ai voulu me foutre en l'air, sauter et puis me noyer, pour en finir avec l'insupportable. Rejetée à la périphérie d'une vie aux allures de désastre, sans soutien, sans ressources, il ne me restait plus rien. Mes yeux ont suivi un long moment le mouvement régulier du courant. Pourtant, dans un ultime sursaut, je me suis retenue, je n'ai pas sauté. Par la grâce de Dieu, je n'ai pas sauté.

Alors que je fixe le plafond, la porte s'ouvre enfin, laissant place aux jeunes du Relais de l'amitié « Jericho », envoyés par le Secours catholique de la rue de Varenne. Un des garçons me demande où se trouvent mes affaires. D'un signe de la tête, je lui désigne timidement ce qui me fait office de baluchon.

— Je n'ai que mon sac en plastique.

M. Roger Fournaise, responsable des Affaires du Secours catholique, a été informé de ma présence au sein du foyer « L'Abri » de la rue de Crimée. Il a demandé à me recevoir, comme il le fait pour chacun des nouveaux arrivants, mais pas avant que j'aie pu prendre un bon petit déjeuner.

Les quatre jeunes du Relais m'emmènent donc dans un café. Le serveur dépose sur la table une tasse

de chocolat chaud, des croissants et des tartines beurrées. Mon regard ébloui provoque les sourires autour
de moi. Cela fait si longtemps que je n'ai pas eu
droit à un repas digne de ce nom ! Je ne sais plus
ce que manger correctement veut dire. Les viennoi-
series disparaissent rapidement. Pourtant, j'ai encore
faim !

A peine rassasiée, je vais au rendez-vous de
M. Fournaise, lequel, le combiné du téléphone à la
main, est en train de sermonner vertement les religieuses pour m'avoir laissée dormir avec des clochards alors que la salle du haut, réservée aux jeunes
filles, aurait été plus appropriée. Mais je n'avais pas
un sou et pour cela, il aurait fallu payer. La colère
de M. Fournaise est évidente, il aurait pu m'arriver
n'importe quoi. Etre agressée, être violée. Heureusement, je n'ai eu à subir rien de tout cela. Faut-il y
voir à nouveau le signe d'une protection divine ? La
présence de mon ange gardien grâce auquel j'avais
rencontré sur un banc cette femme providentielle ?

D'une soixantaine d'années, grand, grisonnant,
Roger Fournaise, après avoir raccroché, m'invite à
m'asseoir en tirant une chaise de mon côté. Ses
lunettes posées sur le bout de son nez, il m'observe
avec bienveillance. Mal à l'aise, je n'ai encore prononcé aucun mot.

Il n'a pas fallu beaucoup de temps à mon interlocuteur, rompu à la détresse humaine, pour se rendre
compte de mon état de santé, guère encourageant. Il
a immédiatement remarqué mes pieds, rongés par le
froid, gonflés par les œdèmes. La « simplicité » de
ma garde-robe ne lui a pas échappé non plus. Dis-

crètement, il me tend un billet de cent francs. Une fortune à l'époque ! Il n'a pas cherché tout de suite à savoir comment je m'appelais ni d'où je venais. Il veut parer au plus pressé. Je dois faire peine à voir, maigre comme un clou, vêtue comme en été alors que, dehors, la température ne cesse de baisser.

— Les jeunes du Relais vont t'accompagner chez le médecin.

A mon retour, je lui rends son argent, le docteur n'ayant pas accepté que je règle la consultation.

— Maintenant que j'ai l'ordonnance, direction la pharmacie !

M. Fournaise me prend par les épaules. Peut-être a-t-il peur que je me fende, que je me casse ? Il est vrai que le spectacle que j'offre n'est pas de qualité. Affaiblie par de longues nuits sans sommeil, j'ai les yeux noircis par la fatigue et les jambes aussi molles que de la gelée.

L'officine est bondée. Malgré le monde, ma prise en charge est immédiate, le patron connaissant bien l'état dans lequel se trouvent, la plupart du temps, les « patients » de M. Fournaise.

Mes crevasses, purulentes, sont nettoyées — le contact du coton humide sur mes plaies m'arrache un cri, Dieu que ça pique ! — puis emmaillotées afin de les protéger de la rugosité de l'hiver, particulièrement sensible cette année. Le pharmacien me remet ensuite gratuitement les antibiotiques dont j'ai besoin pour enrayer l'infection.

M. Fournaise, lui, m'offre une paire de chaussons fourrés, suffisamment larges pour ne pas provoquer

de frottements douloureux. Je les essaye immédiatement. Je réussis même à faire bouger mes orteils !
A ceux qui n'ont jamais connu la misère, ces gestes
peuvent paraître anodins, presque dérisoires, mais
pour moi qui ne supporte plus de faire un pas après
l'autre, ces chaussons représentent le plus merveilleux des cadeaux.

De retour au Secours catholique, M. Fournaise
demande à deux personnes travaillant au sein de
l'institution de me conduire à la cantine.

— Mange tranquillement, Jamila, nous parlerons
plus tard.

Le repas — riz chaud et poisson, car nous sommes
vendredi — m'est servi dans une belle assiette en
porcelaine blanche. Avec joie, je dévore sans me faire
prier ce festin avant de remonter voir mon bienfai-
teur.

— Alors, mon petit, racontez-moi votre histoire.

Avec M. Fournaise, je me sens bien. J'aime la
manière qu'il a de me regarder droit dans les yeux.
Sa voix, chaude et posée, me rassure. Depuis mon
départ précipité de la maison, je ne suis parvenue à
établir que peu de relations. Isolée, coupée du
monde, j'ai besoin de paroles réconfortantes.
M. Fournaise et moi n'avons échangé que quelques
mots et pourtant c'est comme si je connaissais depuis
longtemps cet homme dont l'existence — je l'ai
appris par la suite — a été dédiée en grande partie
aux plus miséreux.

Revenir sur le passé m'est pénible. Il y a tant de
souvenirs que j'aimerais ne pas avoir à évoquer, tant
de mots que j'aimerais ne pas prononcer. Mon his-

toire est encore « à vif ». Mais je ne peux pas refuser cette main tendue. Alors je prends ma respiration et me lance. Je parle de mon mariage forcé, de ma mère, du grand Noir qui m'a agressée à Barbès, de Mme Poumol, de ma mésaventure avec cet affreux bonhomme, celui qui voulait que je prenne en sténo sur ses genoux. Je dis tout, ma tristesse et mon sentiment d'abandon, ma révolte et mon écœurement. M. Fournaise, attentif à mon récit, ne m'a pas quittée des yeux. Il laisse passer quelques secondes de silence pendant lesquelles je croise mes doigts nerveusement.

— Jamila, lorsque je t'ai vue entrer dans ce bureau, j'ai été saisi par ton dénuement et ta maigreur. En général, un rapide coup d'œil sur les pieds de ceux que je rencontre me permet de savoir ce qu'ils ont enduré. Les tiens, pauvre petite, sont dans un état déplorable.

M. Fournaise est d'autant plus frappé par mes jambes abîmées que mon visage, lui, ne porte aucune trace de mes épreuves successives. Armée de ma jeunesse, j'ai le teint frais d'une jeune fille de dix-neuf ans.

M. Fournaise me fait part de ses impressions. Il n'est pas là pour juger mais pour me guider. Ce qui m'est arrivé fait désormais partie de mon histoire. Il faut apprendre à l'accepter. Par ses paroles apaisantes, M. Fournaise tente de me redonner espoir en prononçant le mot « intégrité », mot dont je ne connaissais pas la signification jusqu'ici. J'étais donc un être honnête, digne de respect ! Oui, car j'aurais pu être tentée de profiter des avantages que me procurait mon âge pour m'en sortir, tout du moins financièrement. Mais monnayer mes faveurs ne fait pas partie de mes principes...

Notre conversation s'achève comme elle a commencé, par un silence. Je suis persuadée que nos routes, ici, se séparent. Je vais devoir continuer à assumer seule mon destin... Je suis sur le point de me lever lorsque M. Fournaise pose sa main sur mon épaule, m'obligeant ainsi à me rasseoir.

— Jamila, le billet de cent francs était un test. J'ai été très touché que tu me rendes l'argent que je t'avais donné. Tu aurais très bien pu le garder. Tu es fière et droite. J'ai une caisse que je garde auprès de moi pour des circonstances particulières. Aujourd'hui, cette caisse a une raison d'être : le prix de ton intégrité.

Grâce à ce don inattendu, une somme d'argent non négligeable, M. Fournaise me loue une chambre d'hôtel rue de Chomel, le temps pour lui de pouvoir m'obtenir une place dans un foyer de jeunes filles issues de bonnes familles.

J'y fais mon entrée sans éclat, l'ambiance étant quelque peu collet monté. Il faut avoir beaucoup de moyens pour fréquenter cet établissement. Bien sûr, je suis loin de me sentir dans mon élément. Seule dans mon coin, j'évite de me faire remarquer. Bien que je ne me sente plus aussi miséreuse qu'auparavant — M. Fournaise m'a acheté de quoi me vêtir décemment —, il m'est difficile de me fondre dans cet univers qui n'est pas le mien. Les filles avec lesquelles je partage ma chambre se montrent agréables, sans plus. Chacune d'entre nous souhaite préserver son territoire.

J'ai l'impression que mon « errance » — ces quelques semaines occupées à chercher de quoi vivre, loin de chez moi — est inscrite sur mon front au fer rouge.

Le mois que je vais passer ici va pourtant me permettre de retrouver ce que je croyais avoir perdu : ma dignité.

*
* *

— Tenez, madame Zenka, voici votre carte d'identité !

Zenka ! J'en ai des frissons jusqu'au bas des reins. Si M. Fournaise ne m'avait pas proposé cet emploi dans une compagnie d'assurances — laquelle réclame mes papiers d'identité — je n'aurais jamais su que mon « mari », non content de m'avoir épousée de force en Algérie, s'est également précipité au consulat, muni du certificat de la mairie de Biskra, afin d'officialiser notre union en France. Des deux côtés de la frontière je suis donc Mme Zenka !

Furieuse d'avoir été trompée une deuxième fois, je fonce à l'ambassade d'Algérie. Je veux dissiper tout malentendu. Pour cela, je suis prête à chanter mon histoire s'il le faut !

Heureusement, cette fois-ci, j'ai droit à une oreille attentive de la part d'un de mes compatriotes. Le fonctionnaire auquel je raconte ma mésaventure ne cesse de rouler des yeux ronds comme des billes. Effaré par de telles exactions, ému par ma sincérité,

120

il plonge soudain la tête sur son bureau, son crâne disparaissant sous un tas de papiers qu'il se met à consulter frénétiquement. Au bout de quelques secondes, il se redresse d'un bond, comme s'il venait de dénicher la perle rare.

— Concernant votre mariage, je ne peux rien faire. En revanche, si vous cherchez du travail, nous en avons pour vous : secrétaire à mi-temps pour notre « antenne » de Rouen. Si ça vous va, vous n'avez qu'à signer ici !

Après tout, pourquoi pas... Rien ni personne ne me retient à Paris. Je n'ai pas envie de revoir ma mère, elle qui n'a à la bouche que le nom de Mustapha Zenka. Jusque-là, j'ai toujours vécu entourée de mes frères et sœurs, dans une maison pleine de cris et de pleurs mais aussi remplie de tantes et d'oncles qui venaient nous rendre visite à tout bout de champ et qui restaient dîner la plupart du temps, maman refusant de les laisser repartir le ventre creux. Une fournée de quinze ou vingt personnes à table, ce sont de bons moments que l'on partage autour d'un plat chaud. Me retrouver du jour au lendemain « écartée » a créé en moi un grand vide.

Mais je suis libre ! Une liberté arrachée aux forceps qui ne va certainement pas me claquer entre les doigts ! Plus loin je serai, plus longtemps je pourrai en profiter. J'accepte donc la proposition. Cela me donnera la possibilité de reprendre enfin mes études.

Le chef du protocole me conseille alors de rencontrer le consul en fonction à Rouen, M. Zinédine Moundji, lequel est prêt à se déplacer à Paris afin que nous discutions des modalités de mon départ.

Cet homme, d'une simplicité étonnante, m'impressionne tout de suite par sa gentillesse et son humilité. Je ne connais personne à Rouen. S'installer dans une ville « étrangère » n'est pas toujours aisé. M. Moundji me propose de se charger des formalités concernant mon logement. Il connaît un foyer tenu par des religieuses, rue Joyeuse, lesquelles se feront un plaisir de m'accueillir. Quant à mes études, le consul n'y voit aucun inconvénient. Bien au contraire. Là encore il s'occupe de mon inscription en vue de préparer la capacité en droit à la faculté de Mont-Saint-Aignan. Parallèlement à cet enseignement universitaire, je prendrai des cours pour passer, en tant que candidate libre, mon baccalauréat de secrétariat-gestion.

*

* *

Enthousiasmée par cette nouvelle aventure, je suis à Rouen dès le lendemain. Bien entendu, pas un mot autour de moi sur mon mariage ! D'abord, parce que je veux oublier. Ensuite, parce que le foyer dans lequel je suis hébergée n'apprécierait certainement pas de loger une « fugueuse ».

Pendant un an, loin de ma famille, je tente de reprendre goût à la vie. Rude apprentissage ! Ecartelée entre mon désir de voler de mes propres ailes et la culpabilité que j'éprouve à l'idée d'avoir abandonné mon nid, je profite finalement peu de mon sursis.

Je travaille au consulat cinq demi-journées par semaine et tous les samedis matin. J'aide les ressortissants de mon pays résidant en Seine-Maritime à obtenir leurs passeports et cartes d'identité. Je les renseigne, les dirige et monte les dossiers. Lorsque la file des demandeurs est engorgée, M. Moundji n'hésite pas à payer de sa personne. D'une grande bonté, le consul ne laisse jamais repartir quelqu'un les mains vides. Il fait à chaque fois son possible pour accélérer les procédures afin que les demandes puissent être réglées sur-le-champ.

Cet emploi, tombé à point nommé, m'apporte de grandes satisfactions, grâce notamment à mes collègues, adorables, ainsi qu'à l'ambiance dans laquelle nous travaillons. Mon salaire, preuve s'il en est que je suis capable de m'assumer entièrement, me permet de régler les 340 francs dus pour la location de ma chambre. Sont inclus dans ce prix mon petit déjeuner ainsi que les dîners. A midi, je me contente d'un sandwich ou d'un repas pris au restaurant universitaire. Pour arrondir mes fins de mois parfois difficiles, je donne des cours de sténo et de français.

L'université... Je m'aperçois rapidement que les cours de droit ne sont pas faits pour moi. J'ai du mal à m'investir. Les efforts de mémorisation requis sont trop importants. Je ne parviens pas à retenir la moitié des chapitres à apprendre, chapitres dont la liste s'allonge au fur et à mesure que les semaines passent. Manque de concentration et de motivation, probablement. Mais je continue de fréquenter assidûment le campus car j'ai sympathisé avec trois jeunes Algériens, ainsi que des Marocains et des Libanais, qui m'adoptent rapidement au sein de leur groupe. Je ne demandais que cela. Retrouver un semblant de fraternité. Nous formons une bande inséparable et nous réunissons fréquemment chez les uns, chez les autres, autour d'un thé ou d'un café. Là, nous refaisons le monde à notre manière. Pacifiquement. Nos discussions, souvent tardives, me permettent de mettre en aparté, temporairement, mon mal de vivre, dont je ne parle pas. J'ai toujours été ainsi, incapable d'étaler mes sentiments. Ma pudeur est telle qu'instinctivement, je me protège des questions ou des regards inquisiteurs. Je fais bonne figure, laissant dormir au fond de moi mon désarroi. Je défie quiconque d'avoir pu deviner, ne serait-ce qu'une seconde, de quoi était fait mon passé ou quelles étaient mes véritables émotions.

*
* *

Je porte ce jour-là des chaussures à lacets. Je suis loin de me douter que cette paire de bottines à talons hauts va me tirer d'un mauvais pas.

En effet, depuis l'agression de trois jeunes filles du foyer, la ville est en émoi. Deux d'entre elles ont été violées. La dernière a pu s'enfuir avant le pire mais n'a pas échappé aux coups. Les religieuses nous ont mises en garde sur les risques encourus. Je sais donc qu'un type rôde près de la rue Joyeuse et que nous sommes toutes des victimes potentielles. Bien que je sois consciente du danger, l'idée de sortir non accompagnée ne m'effraie absolument pas. Il faut bien continuer à vivre...

D'autant que dix-huit heures trente me paraît une

heure correcte pour rentrer après ma journée de travail habituelle : consulat et cours à la faculté. La nuit est tombée. Seuls mes talons claquent sur le pavé. Par prudence, j'accélère la cadence. Je ne me sens pas mal à l'aise mais rien ne sert de tenter le diable. Il ne me reste plus que le haut de la rue du lycée Colbert à parcourir avant d'atteindre enfin la rue Joyeuse. A cette époque, la mode n'est plus aux minijupes. Ma robe, couvrant le haut de mes mollets, s'agite à chacun de mes pas. Je ne pense à rien, surtout pas à ce qui pourrait m'arriver. Je repousse machinalement mes cheveux vers l'arrière. J'ai oublié de les attacher, certaines de mes mèches tombent sans arrêt sur mes yeux. Encore quelques foulées et ce sera le virage.

Soudain, je le vois qui me guette. Ce type, là, au coin de la rue. Ce pourrait très bien être un passant comme un autre. Mais il ne marche pas. Il attend, les mains dans les poches. Les yeux braqués sur moi.

Dire que je ne ressens rien serait mentir. L'effet de surprise est total. J'ai d'abord un léger mouvement de recul pendant lequel je me demande quelle attitude adopter. Faire marche arrière ? Ce serait avouer ma peur. Or, s'il s'agit du violeur dont tout le monde parle, je n'ai pas intérêt à attiser son excitation. Le calme est encore le meilleur moyen de faire face. D'ailleurs, mon instinct me dicte de continuer tout droit. Armée d'un sang-froid frisant l'inconscience, j'avance.

— Bonsoir !

Si je ne réponds pas, il va me prendre pour une bêcheuse. Je le salue donc à mon tour, sans amabilité excessive ni mépris. Le type s'attendait certainement à ce que je fasse plus de manières. Mon attitude presque détachée l'étonne quelque peu.

— Et vous allez où comme ça ?

— Rue Poussin.

A présent que je le vois un peu mieux, il n'a rien d'un type louche. Il est même plutôt mignon, grand, blond. Il m'emboîte le pas. Il faut à tout prix que je gagne un peu de temps. Le foyer n'est qu'à quelques mètres. Au fond, cette fameuse rue Poussin, déserte, étroite, plongée dans le noir total. Pourquoi ai-je dit que j'allais dans cette direction ? Aucune idée. C'est tout ce que j'ai trouvé pour faire diversion. Le type me sourit. Evidemment, pour lui, je ne suis qu'une proie de plus. L'obscurité nous attend, il lui suffira alors de me passer le bras autour du cou et de serrer pour que je m'écroule.

Encore une minute et je suis dans la gueule du loup. Mon cerveau passe la cinquième. J'accélère. Le plan que je viens d'échafauder aura nécessité moins d'une minute de réflexion. Je n'ai aucun mérite. Me creuser les méninges est la seule solution pour m'en sortir. D'abord, il va falloir que je passe du côté gauche afin de monter directement les trois marches menant à la porte d'entrée du foyer. C'est ici que mes chaussures entrent en scène. Tout d'un coup, sans crier gare, je me baisse et fais semblant de renouer mes lacets. Je m'agenouille rapidement tout en gardant discrètement un œil sur le type qui n'y a vu que du feu et continue sur sa lancée. Lorsqu'il tourne la tête et m'aperçoit en retrait, il fait marche arrière. Mais j'ai eu le temps, ni vu ni

126

connu, de prendre sa place. A présent, je m'attaque au plus dur : me débarrasser de lui pour de bon. Que Dieu me vienne en aide, pitié, qu'il me vienne en aide ! Le temps d'inspirer profondément, je monte les trois marches.

— Qu'est-ce que tu fais ?

— Je sonne. J'ai envie d'emmerder les bonnes sœurs !

Le type passe de l'étonnement à l'hystérie. Son visage, jusque-là impassible, revêt le masque de la haine. Il jubile à l'avance et trépigne des pieds.

— Bien fait pour elles. Toutes des salopes !

Bon sang, cette porte va-t-elle enfin s'ouvrir ? Par miracle, j'entends le verrou qui cède. Je n'y croyais plus. Je m'engouffre aussi vite que je peux, à la vitesse de l'éclair, et claque la porte derrière moi brutalement. Adossée contre le mur, je tente de reprendre ma respiration. Ma poitrine me fait mal. J'entends le type hurler.

— Je te ferai la peau !

Telle une automate, blanche comme un linge, je me dirige vers le réfectoire pour finalement m'évanouir. Le choc passé, la tension a lâché prise. Allongée sur le sol, je reviens à moi quelques secondes plus tard. Je sens que l'on me tapote les joues.

— Ça va mieux ? Que s'est-il passé ?

J'ouvre les yeux, et je souris. Je suis tellement heureuse d'être encore vivante ! Elisabeth, une des jeunes filles du foyer que je croise de temps en temps, me tient la main. Son visage penché sur le mien, elle me parle à voix basse. Qu'elle me paraît belle tout à coup ! Ses taches de rousseur, ses cheveux châtain clair, son regard bleu, tout en elle respire l'harmonie. Elisabeth m'aide à reprendre mes esprits. Je me lève tant bien que mal, encore sous le choc. Comment ai-je pu me contrôler à ce point ? Une autre que moi aurait sans doute paniqué. Je me demande parfois si je sais ce que veut dire le mot danger. Cette rencontre fortuite aurait pu faire basculer mon destin. Pourtant, au plus profond de moi, j'avais l'intime conviction que rien ne pouvait m'arriver. La preuve ! Il ne m'est rien arrivé. Ces chaussures à lacets m'ont sauvée la vie et m'ont permis de faire la connaissance de celle qui deviendra, jusqu'à ce jour encore, ma meilleure amie.

Elisabeth ne veut pas que je reste seule. Nous ne travaillons pas le lendemain matin, ni elle ni moi. Nous passons une nuit blanche à discuter dans sa chambre, autour de petits biscuits et de crèmes Mont-Blanc. Naturelle, volubile, elle parle volontiers de sa vie. Dernière d'une fratrie comptant déjà une sœur — son aînée de quinze ans — et un frère, Elisabeth a passé son enfance à Fleury-sur-Andelle, en Normandie, entre son père, déjà âgé à sa naissance, et sa mère, une femme douce et coquette, qui tient une graineterie dans le centre-ville.

Installée dans ce foyer depuis quelques mois, Elisabeth étudie la musique au conservatoire de Rouen. Dotée d'une sensibilité exceptionnelle, elle s'est spécialisée rapidement et a choisi le clavecin, qu'elle enseignera quelques années plus tard après avoir joué au sein d'orchestres et dans des églises.

De mon côté, je ne cache rien à ma nouvelle amie.

J'ai pourtant beaucoup de mal à parler. Surtout à des gens que je connais peu ou mal. Mais entre Elisabeth et moi, il y a comme une sorte d'osmose, de fusion immédiate que je ne m'explique pas. Nos deux personnalités, totalement différentes pourtant, s'emboîtent parfaitement, chacune apportant à l'autre ce qui lui manque. Je retrouve les mêmes sensations qu'avec M. Fournaise. Elisabeth, émue par mon histoire, ne me juge pas. Elle m'offre au contraire une écoute précieuse. Je me confie alors sans retenue. Je n'aurai jamais à le regretter. Tout en elle me plaît.

Au fur et à mesure de notre relation, Elisabeth me prend sous son aile. Grâce à sa générosité et à sa patience, je pénètre dans un univers dont je ne soupçonnais pas la richesse : Mozart, Bach, Haendel enchantent mon ouïe, abonnée jusque-là à Sheila et à la musique kabyle que maman écoutait à la maison. La seule musique classique que je connaissais était celle de Farid El Atrach, artiste égyptien réputé dans son pays.

Mon admiration à l'égard de mon amie ne cesse de grandir, nourrie par sa créativité inépuisable. Son sens de l'esthétique et sa loyauté sans faille font d'Elisabeth un être à part, qui me fascine. Elle sait tout faire. Concocter des menus très particuliers, requérant inventivité et adresse, dresser une table pour dix personnes, décorer une pièce, lui donner un côté un peu magique, assembler les couleurs avec soin, mélanger les tissus avec audace, rien de tout cela ne lui échappe. Elisabeth possède cette petite touche particulière indispensable pour transformer le quotidien en merveilleux. Sa mère n'est certainement pas étrangère à ce don. Longtemps elle a guidé sa fille dans ses choix, la conseillant à tout moment. C'est ce qui m'a manqué : le regard de ma mère. Dieu sait que j'ai eu bon nombre d'appartements. Je ne compte plus mes déménagements. J'aurais aimé pouvoir chiner en compagnie de maman, qu'elle me donne son avis, qu'elle participe activement à leur agencement. Mon vœu le plus cher aurait été de voir ma fille et ma mère, réunies à la même table, pour un même repas. Encore aurait-il fallu que maman mette les pieds chez moi. Ce qu'elle n'a jamais fait. Jamais.

J'ai partagé avec mon amie mes joies et mes peines, bien que nos chemins se soient séparés rapidement après mon départ de Rouen. Et malgré des parcours très dissemblables, nous ne nous sommes jamais perdues de vue, elle à Dieppe, moi à Paris. Nos sentiments respectifs l'une envers l'autre, profonds et fidèles, ont su transcender notre séparation physique. Cette amitié sincère est ce qui m'est arrivé de mieux dans ma vie, avec ma fille, dont Elisabeth est la marraine.

Entière, attentive, passionnée, elle est un peu ma sœur de cœur. A la vie, à la mort.

*
* *

Pourtant, ces douze mois passés à Rouen, je l'ai dit, m'ont laissé un goût d'amertume. Il y a mon travail au consulat, qui me plaît et dans lequel je m'investis pleinement. Il y a mon groupe de copains à l'université et Elisabeth, à laquelle je m'attache un peu plus chaque jour. Mais je me sens isolée malgré tout. J'ai beau me dire que c'est normal, qu'il faut du temps, mon départ de Noisy ne cesse de me tourmenter.

Le jour de mon anniversaire, j'organise une soirée à laquelle participent tout un tas de gens qui me sont inconnus. Mes quelques camarades sont présents mais aussi un groupe de pique-assiettes que je ne cherche en aucun cas à mettre dehors. Après tout, qu'eux aussi en profitent ! Les boissons coulent à flots grâce à la générosité d'un armateur grec et de son épouse à qui j'ai fait découvrir, une semaine auparavant, les diverses facettes de la ville. Pour me remercier de m'être improvisée guide, ils m'ont offert une participation.

Vingt ans... Le bel âge, paraît-il. J'ai terriblement envie de me faire plaisir. Je commande une superbe pièce montée sur laquelle le pâtissier a déposé deux roses. La soirée est animée, c'est à peine si on s'entend parler. Je dis un petit mot à chacun de mes invités, passant d'un visage à l'autre, sans que l'agitation ambiante me touche réellement. Entourée de dizaines de personnes qui dansent et gesticulent, je ne suis pas à ma place. Le brouhaha, d'abord assourdissant, s'éloigne petit à petit. Debout au milieu de la salle, je suis présente physiquement, mais mon esprit est ailleurs. Coupée de la foule, mes pensées vont vers ma famille qui ne saura jamais ce que cela veut dire pour moi d'avoir vingt ans.

Aujourd'hui encore, lorsqu'il m'arrive de me rendre à des cocktails ou des réceptions, les gens qui m'entourent ne suffisent pas à effacer cette sensation d'absence qui m'empoigne, ce sentiment de solitude qui m'étreint.

Appeler à la maison aurait certainement contribué à atténuer mon mal-être. J'ai préféré jouer la carte de la discrétion. J'avais peur que maman ne retrouve ma trace et me trahisse à nouveau en me dénonçant à Mustapha Zenka, lequel m'a tout de même localisée. A mes trousses depuis mon départ, il a fini par engager un détective privé. Je ne cherchais pas particulièrement à me cacher, cela fut donc un jeu d'enfant de me repérer.

En mon absence, mon « mari » s'est présenté au foyer, trop heureux de dévoiler mon secret :

— Mademoiselle Aït-Abbas n'est autre que ma femme !

Il voulait le faire savoir au monde entier...

Les religieuses, scandalisées, m'ont priée de faire mes bagages, le foyer étant réservé aux filles célibataires.

Je n'ai pas rencontré Zenka, tout s'est tramé dans mon dos. Je me demande encore qui a pu lui fournir la piste de Rouen.

*
* *

N'ayant plus de projet précis, sur les conseils du consul, M. Moundji, le seul à m'avoir soutenue jusqu'au bout, je me rends alors en Algérie dans le cadre d'un volontariat en compagnie de l'Amicale des Algériens. Le principal objectif de cette mission consiste à convaincre les paysans des bienfaits d'une production de masse. En effet, la plupart d'entre eux se contentent de travailler la terre pour leur propre subsistance. Ce qui ne rapporte évidemment rien à l'Etat. Il faut à l'Algérie une politique agricole, tout à la fois dynamique et rentable. Les étudiants, dont je fais partie, sont appelés à la rescousse. Charge à eux d'expliquer à ces hommes comment cultiver dix fois plus en y trouvant leur intérêt. Etions-nous vraiment les plus aptes à faire passer le message ?

Nostalgique de mon pays, que je connais peu mais qui m'a laissé un souvenir impérissable, j'ai envie de rendre service à mon peuple ! Avant le départ pour notre installation dans une école à cinquante kilomètres de la capitale, nous nous rendons tous à Alger pour une réception organisée en notre honneur dans l'enceinte du stade du 5-Juillet. Nous sommes des centaines à avoir accepté de vivre en communauté pendant cinq semaines, dans l'espoir de donner une chance à ce que les politiques appelaient alors la révolution agraire.

Si l'on m'avait dit que je serrerais la main du président Boumediene... Il est vrai que ce jour-là, je porte un chapeau des plus voyants. C'est sans doute ce qui a attiré son attention. Je le vois se diriger vers moi. Machinalement, je me retourne. Il s'agit sûrement de quelqu'un d'autre. Mais le président me tend bien la main. Je m'attendais à un homme un peu fade. Surprise ! Je le trouve plutôt impressionnant. Son teint pâle, ses yeux verts et ses taches de rousseur font de lui un personnage au charme évident. Il s'adresse à moi en arabe littéraire, puis en arabe dialectal. Devant mon ignorance, le président Boumediene, fortement agacé, utilise en dernier ressort le français.

— Quelle langue parlez-vous ?

— Je comprends le kabyle.

Encore plus irrité, il me lance d'un air furieux :

— Mais qu'est-ce que vous êtes venue faire ici ?

— C'est l'unique occasion, en tant qu'Algérienne, d'être utile à mon pays.

Le regard troublé par l'émotion, il me félicite et me souhaite bon courage d'un air détendu avant de s'éloigner. Quelle fierté d'avoir pu bavarder, ne serait-ce que deux minutes, avec le chef de l'Etat ! J'ai compris, à cet instant, que ma présence sur le sol algérien ne serait pas vaine.

Pendant un mois et demi, donc, je vis au contact d'autres étudiants dans une école aménagée en conséquence : les filles d'un côté, les garçons de l'autre. Nous nous retrouvons pour les repas et les réunions de travail pendant lesquelles nous échangeons nos impressions et peaufinons notre stratégie d'approche auprès des paysans. J'ai pris en main, de mon propre chef, l'organisation du quotidien. Chacun me remet une partie de son pécule. Je suis chargée de faire les courses et de cuisiner pour tout le monde. Ce qui ne me pose aucun problème. A la maison, j'ai toujours participé sans qu'on me le demande.

Cette vie en communauté — au sein de laquelle je trouve vite ma place — me convient parfaitement. Elle me rappelle Noisy et nos tablées bruyantes. Je fais en sorte que les deux clans — féminin et masculin — se côtoient dans un respect mutuel. Ce n'est pas gagné d'avance. Certains des étudiants nous font sentir clairement notre appartenance à un rang inférieur. Pas question de nous aider à préparer à manger, par exemple.

A ce titre, je me souviens d'Abdel qui ne manquait jamais de nous rappeler sa supériorité en ne contribuant à aucune tâche ménagère. Il suffisait de l'entendre parler de sa sœur. Elle ne ferait jamais d'études selon ses dires. La haute opinion qu'il avait du rôle des femmes dans la société s'arrêtait là, à leur destin tracé d'avance : rester à la maison et se taire. Vaste programme, en effet... Je n'ai pas polémiqué. Aucun de mes arguments, si persuasifs fussent-ils, n'aurait pu convaincre ce jeune homme élevé dans la pure tradition musulmane qu'il faisait fausse route.

Au fur et à mesure, j'ai cependant vu son regard changer. D'abord indifférent à ma présence, Abdel s'est mis à m'observer discrètement tout en restant sur ses gardes car, à ses yeux, je représentais probablement tout ce qu'il détestait. Mon franc-parler ne lui plaisait guère, pas plus que ma place dans la communauté dont j'étais le leader. En effet, j'avais pris la décision de laisser de côté les livres de gestion distribués à notre arrivée à Alger. Cette révolution agraire, je n'y croyais pas. D'ailleurs, mon intuition ne m'a pas trompée. Ce fut un échec total... Et puis ce n'était tout de même pas moi, qui n'avais jamais planté un haricot de ma vie, qui allais enseigner aux paysans comment cultiver au mieux la terre ! Plutôt que de me perdre en palabres inutiles, j'ai mis la main à la pâte.

Vêtue d'une robe kabyle traditionnelle, mes cheveux dissimulés sous un foulard, je suis allée à la rencontre des paysans. Non pour les éduquer mais pour m'immerger dans leur vie de tous les jours. A leurs côtés, j'ai cueilli les pois chiches, les tomates et ramassé le foin. J'ai discuté avec ces hommes, âgés pour la plupart, dont les fils étaient partis s'installer en ville.

Abdel a vite réalisé que malgré mon statut de femme, j'étais pourvue des mêmes qualités que les hommes. Le travail ne me faisait pas peur, j'étais intègre, autonome, discrète et efficace. Mobilisant toute mon énergie afin que nos relations ne virent pas au vinaigre, j'avais le souci permanent de préserver une certaine harmonie dans le groupe. Peu à peu, je crois l'avoir conquis. A tel point qu'à la fin de notre séjour, Abdel ne rechignait plus à tenir une casserole ou éplucher les pommes de terre. Je lui ai même montré comment les couper pour faire des frites. Une vraie révolution au sein de notre communauté !

Abdel était tellement ravi de ce revirement qu'il nous a tous invités à partager le couscous chez lui, dans sa famille. « J'ai une surprise pour vous », a-t-il dit fièrement, le regard plein d'émotion. En effet, la surprise était de taille. A la fin du repas, il nous a annoncé solennellement que sa sœur pourrait désormais poursuivre ses études. Après cinq semaines passées à observer mes faits et gestes, sa vision des choses avait changé. Oui, on pouvait être une femme et mériter le respect !

Les larmes aux yeux, j'ai remercié Abdel. Si ma présence en Algérie avait permis à cette petite de retrouver la place qui lui appartenait, je venais d'être mille fois récompensée.

Pour toutes ces raisons, ce volontariat restera à jamais une expérience extrêmement enrichissante. Je croyais tout connaître alors qu'une autre facette manquait à ma compréhension de ce pays. La pauvreté de certains m'a sauté à la figure. Je ne m'attendais pas à trouver autant de misère. Comment vivre sans électricité ni eau courante ? Les maisons, réduites au strict minimum, n'ont la plupart du temps que quatre murs et un toit. A l'intérieur, dans la pièce, souvent unique, presque rien : des seaux, des boîtes de conserve, des vêtements séchant près d'un poêle d'une autre époque. Dans un coin, des lits recouverts de vieilles couvertures.

Sans compter les mœurs... Beaucoup de filles ne vont pas à l'école. Je les ai rencontrées, ces « oubliées de l'Algérie », selon leurs propres termes. Quelle tragédie de les voir mourir à petit feu dans des conditions de soumission révoltantes ! Et que dire de cette ségrégation intolérable dont j'ai moi-même été victime !

La première fois que je me suis rendue chez un épicier, le commerçant a refusé de me servir. Il a couru chercher le maire du village. Il criait, il gesticulait, humilié qu'il était d'avoir eu affaire à une femme. Je ne savais pas que demander « un kilo de tomates s'il vous plaît » équivalait à un ordre ! Il a fallu attendre qu'un des autres étudiants m'accompagne et fasse la traduction. Je nommais en français ce dont j'avais besoin et lui répétait bêtement ce que je venais de dire. En français, évidemment ! Ionesco et son sens de l'absurde n'auraient pas fait mieux...

En fait, ce déplacement en Algérie me permet également de rendre visite à la famille de ma mère, celle de Bougie. Chez nous, les liens du sang, fondamentaux, sont le moteur de la vie. Qu'il s'agisse d'un oncle ou d'un cousin, même éloigné, même perdu de vue, la loi du cœur reste la même. Ne faisant aucune différence entre parenté de sang ou par alliance, nous nous devons respect mutuel et hospitalité.

La belle-mère de mon oncle Amachi, me sentant quelque peu déboussolée, insiste un jour pour que je consulte une voyante. Au point où j'en suis ! Je serais prête à avaler n'importe quelle couleuvre pour m'inventer un avenir, un vrai !

Bien entendu, les prédictions annoncées ne me laissent pas indifférente.

— Tu auras trois hommes dans ta vie. Le premier a la forme d'un serpent, je le vois enroulé autour de toi. L'autre aura pour seul bagage une voiture. Quant au dernier... Mais c'est surtout ta mère...

Sa phrase reste en suspens un moment. Les sourcils froncés, je la vois se concentrer.

— Ta mère me préoccupe, elle a besoin de toi, Jamila, il faut absolument que tu la revoies !

Je sais que cela peut paraître incompréhensible,

mais cette phrase me tord le cœur. Une immense vague de tendresse, ou plutôt de compassion, m'envahit à l'évocation de maman et de ses tourments éventuels. Puis, je me reprends. Et si la voyante s'était tout simplement trompée ? Cela m'arrangerait bien !

Mais je ne veux pas courir le risque de faire souffrir ma mère par le simple fait de mon absence. Me voilà face à un dilemme dont je me serais bien passée... Dois-je, oui ou non, retourner à Noisy ? J'ai quitté notre maison le cœur gros, c'est vrai. Mais à cette époque, je n'avais pas le choix : c'était mon départ précipité ou la mort assurée. Les quelques mois qui ont suivi n'ont pas récompensé mon courage. Coupée de ma famille, j'ai dû naviguer seule, à vue, sans avoir jamais dirigé un bateau de ma vie. Finalement, je me suis habituée à une certaine indépendance. Qui sait ce qui m'attend là-bas...

Pourtant, j'ai des raisons de vouloir rentrer en France. Mes frères me manquent. J'ai envie de voir mes sœurs, surtout Soumeya, la petite dernière, celle dont je me suis occupée si souvent. Il m'est impossible de faire un choix.

Alors face, je laisse parler mon cœur. Pile, ce sera la voix de la raison.

La pièce de monnaie que je lance puis colle sur le revers de ma main tranche à ma place.

*
* *

Je m'attendais à des cris, à des pleurs ou au silence. C'est la stupéfaction que je découvre chez ma mère lorsque j'arrive chez elle. Pas la surprise de me voir revenir, non ! Elle s'écrie simplement :

— Qu'est-ce que tu as fait de tes cheveux ?

Immobile sur le pas de la porte, je n'ose pas lui sourire. C'est à peine si elle m'a reconnue. Il est vrai que, sur un coup de tête, je me suis séparée de mes boucles brunes. L'angoisse m'a fait prendre vingt kilos. A Rouen, je me nourrissais mal. A n'importe quelle heure, n'importe comment. J'ai quitté maman aussi fine qu'une brindille, je reviens dans un corps qui ne me ressemble pas. Une manière, sans doute, de me protéger des autres, de combler le manque. Et puis j'ai besoin que les hommes n'aient pas envie de moi. J'en garde un trop mauvais souvenir. Je ne veux pas servir de gibier. La graisse a donc recouvert mes muscles. Je me suis transformée.

La surprise passée, maman m'embrasse, résolue à faire table rase du passé. Je sens, à la manière qu'elle a de vouloir rester calme, que notre séparation n'a pas été inutile.

Personne d'ailleurs, à la maison, ne prononce le nom de mon mari. Je ne reçois aucun coup, j'ai enfin la paix. « Si seulement cela pouvait durer », me dis-je en moi-même.

Une petite voix intérieure s'immisce pourtant, revenant à la charge sans répit. « Méfie-toi », répète-t-elle. Me méfier de quoi ?

En attendant, il me faut faire quelque chose de mes dix doigts. Ma mère ne s'opposant plus à ce que je prenne ma place dans la vie active — a-t-elle enfin compris ? —, je me mets en quête d'un travail. Et en octobre, je suis embauchée dans une aciérie, en tant que secrétaire deuxième échelon.

Les baies vitrées de mon bureau donnent sur une salle aux volumes impressionnants, réunissant un pool de jeunes dactylos dont la mission est de ne jamais lever le nez de leur machine à écrire. C'est à peine si aller aux toilettes leur est permis ! Je les vois avaler leur déjeuner sur le pouce avec interdiction de parler car la surveillante en chef, debout sur l'estrade, garde un œil sur les moins disciplinées. Ce travail à la chaîne me paraît inhumain. Pourtant, aucune de ces filles n'ose se plaindre. Il faut bien manger...

Pour ma part, ce n'est pas encore Byzance. D'autant que ma première paie en liquide vient de m'être volée. A l'époque, les chèques ainsi que les virements n'étaient pas encore généralisés.

J'ai laissé l'enveloppe dans un de mes tiroirs, sans doute par négligence, et quand j'ai voulu la reprendre, pfuitt ! Ce qui n'a pas étonné le directeur. « Ce n'est pas la première fois ! » m'a-t-il assené d'un air fataliste.

Devant mon effondrement — je ne pouvais plus m'arrêter de pleurer — le service du personnel a organisé une quête afin que je ne rentre pas à la maison les mains vides.

*

* *

— Tu ne me reconnais pas ?

Cette voix au bout du fil m'est familière, sans que

je puisse pour autant tout à fait l'identifier. Un instant, j'hésite... Ne serait-ce pas celle de...

— C'est moi, Lounes !

Lounes ? L'étonnement, la joie et l'incrédulité se mêlent soudain, faisant résonner en moi un concert tonitruant, mélange d'excitation et de stupeur.

Dans ma poitrine, mon cœur fait un tel boucan que je dois poser ma main sur mon sein, *calme-toi*, ai-je ordonné, *calme-toi*. Mon amoureux secret, disparu de la circulation après que j'ai refusé de m'enfuir avec lui, mon amoureux secret est de retour ! Comment a-t-il obtenu les coordonnées de mon bureau ?

En quelques secondes j'ai la sensation de prendre le train en marche arrière pour descendre à la station de mes seize ans, lorsque nous nous lancions des regards éperdus sans pouvoir nous toucher. Cet appel a le don de transformer cette morne journée de travail en un lundi magique.

Lounes n'a rien perdu de son enthousiasme.

— Je viens te chercher à la sortie du bureau !

— Attends...

Il a déjà raccroché. Il ne sait même pas à quelle heure je sors ! La panique me saisit. Je me suis habillée ce matin à la va-vite, avec une jupe large qui me permet de camoufler les kilos amassés. Mes cheveux sont loin d'avoir complètement repoussé. Je ne suis même pas maquillée ! Mon humeur s'assombrit. Vais-je lui plaire ? De toute façon, s'il a encore des sentiments pour moi, il m'acceptera telle que je suis. C'est à prendre ou à laisser...

Tout en surveillant du coin de l'œil les minutes,

puis les heures qui n'en finissent pas de défiler, je tente d'imaginer ce que donneront nos retrouvailles. Lounes va-t-il prendre ma main ? Aurons-nous encore des choses à nous dire ? Aurai-je le courage de me laisser embrasser ? Que m'importent ces lettres à taper ! J'ai la tête dans les nuages. Je me surprends à penser que Lounes et moi pourrions peut-être faire un bout de chemin ensemble. J'ai peur des hommes, mais le grand amour, j'y crois ! Je l'attends depuis si longtemps...

Je monte dans sa voiture, impatiente de revoir celui qui m'avait donné mon premier baiser. Lounes n'a pas changé. Ses cheveux bouclés retombent sur ses épaules. Ses yeux noisette ont gardé la même intensité. Il a un peu vieilli mais les rides qui s'accrochent aux extrémités de ses pommettes lui vont bien. Et j'avais oublié la finesse de ses mains !

J'écoute Lounes me raconter à quel point je lui ai manqué.

— Jamila, pas un instant je n'ai cessé de penser à toi. Je me suis fait tellement de souci...

Moi aussi il m'a manqué, je n'en dis rien, toujours incapable d'exprimer mes sentiments. Ils sont pourtant là, tapis au fin fond de mon cœur, dissimulés derrière une couche épaisse de réserve. J'aimerais leur offrir autre chose que l'angoisse ou la terreur. Mais il est encore trop tôt pour m'exposer ainsi au soleil. Sans indice de protection, mes émotions souffriraient d'une grave insolation.

Durant le trajet, Lounes, que j'aime encore, maintenant j'en suis sûre, se montre tendre et rassurant.

Sa présence à mes côtés est un délicieux cadeau, je veux en savourer chaque instant. Son invitation à prendre un verre chez lui est tentante. J'accepte immédiatement, sans aucune arrière-pensée. J'ai beau avoir vingt ans, je me sens encore dans la peau d'une enfant. Je suis confiante, Lounes n'est pas comme les autres hommes, ceux auxquels je ne porte aucune considération. Ceux que je méprise...

Nous allons passer une délicieuse soirée en tête à tête, loin de la foule. Je lui parlerai de mes regrets, il me confiera ses secrets. Nous prendrons le temps de faire à nouveau connaissance, dans une ambiance feutrée et intime, un air de musique douce nous enveloppant peu à peu. Je me prépare à un moment rare...

Une demi-heure plus tard, je dévale les escaliers à toute allure, je me tords la cheville, mon mocassin saute, je me baisse pour le ramasser. Une chaussure à la main, je boite légèrement. Lounes se penche sur la rampe, je l'entends crier :

— Attends, Jamila, reviens !

Revenir ? Après ce que je viens de subir ? Je ne demandais pourtant pas grand-chose ! Un sourire, nos doigts entrelacés... Pas ses bras serrant ma taille, pas cette sauvagerie, pas...

Je cours à perdre haleine, je ne sais même pas où je vais, mes talons claquent sur le trottoir humide, il vient de pleuvoir à grosses gouttes. M'enfuir vite ! Surtout ne pas me retourner. J'ai besoin d'air, d'oxygène, j'en avale par grosses bouffées, qui coulent dans mes poumons, qui m'aident à respirer. L'émotion me tord les tripes, j'ai mal de m'être trompée sur ce garçon. J'attendais des attentions, des émotions, de la patience. Toutes mes illusions se sont envolées.

A bout de souffle, je ralentis ma course et stoppe devant une porte cochère. Lorsque je suis enfin à l'abri, mes larmes jaillissent d'un seul coup, des sanglots lourds trouant ma gorge. Je me fiche pas mal des passants qui me dévisagent, pleurer ainsi me fait du bien. J'ai l'impression de me vider, de me laver, tout en pensant qu'on ne m'y reprendra plus. « Lounes ressemble bien à tous les autres hommes. » Dégoûtée, c'est sur cette conclusion amère que je reprends le chemin de la maison.

*
* *

Bien entendu, il n'est pas question de confier mes déboires à qui que ce soit. Mes frères seraient capables d'aller tuer Lounes... Mon désir de revanche ne va pas jusque-là. Quant à ma mère... Qui sait quelle serait sa réaction ! Peut-être me consolerait-elle, peut-être me dirait-elle que je n'ai eu que ce que je mérite.

Une fois de plus, je suis seule pour affronter le cours de mon destin. Mais affronter est-il bien le mot ? Pourquoi faut-il que je me prenne les chocs de plein fouet, sans jamais pouvoir trouver la parade ? En fait, je n'ai jamais su esquiver les coups du sort. Si au moins on avait pris le temps de m'expliquer à quoi ressemble la vie, j'aurais pu apprendre comment me blinder face aux épreuves.

Sans coach ni partenaire, je suis aussi fragile qu'un

arbre exposé à la foudre. L'accumulation de rage et de douleur me mène droit à la dépression. « Lounes est un salaud », cette phrase hante mes pensées. Même si je me suis montrée ignorante et naïve, je ne lui trouve aucune excuse et ce ne sont pas les « pardon Jamila » dont il m'abreuve qui vont pouvoir effacer les traces de son irrespect. Après avoir connu la faim, le rejet, le froid, je vois l'homme que j'admirais le plus tomber de son piédestal, entraînant dans sa chute l'image que j'avais de lui. Et celle des hommes en général.

Je porte seule le secret de mon humiliation. Le fardeau étant trop lourd, mon corps s'en mêle. Mon flot menstruel désormais augmente, passant d'un rythme régulier à une cadence effrénée. Epuisée, je dois passer une dizaine de jours à l'hôpital pour un kyste à l'ovaire. Que cette tumeur se soit nichée à cet endroit n'est sans doute pas un hasard...

Ce séjour au calme me permet de faire le point sur ce que je viens de vivre. Je prends soudain conscience que les hommes n'attendent de moi qu'un contact charnel. Sûrement à cause de mon physique, en complet décalage avec ce que je suis. Grande, les lèvres charnues, je renvoie une image teintée de sexe alors que je suis une « affective », une « émotive », une « sentimentale ».

Ce décalage va me poursuivre et mes rapports avec la gent masculine s'en trouveront affectés, forcément. Longtemps je mettrai des barrières entre les hommes et moi. Longtemps je prendrai mes distances avec ceux qui cherchent à me séduire, ne les laissant m'approcher que lorsqu'ils auront su montrer patte blanche. Ce qu'ils prendront pour du mépris n'est en fait que l'expression de mon mal-être, l'expression de cette peur des mâles qu'a engendrée mon viol matrimonial et de cette ignorance du désir masculin dans laquelle mon éducation m'a maintenue.

Je n'ai eu le droit de regarder la télévision qu'à l'âge de dix ans. Nous n'avions alors que deux chaînes. Si par malheur il m'arrivait de tomber sur une image jugée osée par ma mère, elle pinçait mon menton et me forçait à tourner la tête. Ou alors un des mes frères éteignait. A cette époque, *Quai des brumes* passait avec le fameux carré blanc, le moindre baiser entre deux acteurs étant jugé licencieux. J'étais tellement bien dressée qu'il m'arrivait de m'autocensurer ! Mes frères pourraient en témoigner, eux qui ont suivi en entier les épisodes des *Angélique* alors que, sentant poindre une scène torride, je me levais systématiquement pour sortir de la pièce. J'avais pourtant dix-huit ans à l'époque. Mais les ordres de maman ne souffraient aucune discussion. Si elle m'avait surprise les yeux scotchés sur l'écran alors que Robert Hossein étreignait Michèle Mercier, c'eût été le scandale assuré ! D'ailleurs, il était très rare que nous puissions profiter pleinement de la télévision et de la radio, la présence d'un invité ou d'un membre de la famille, quasi permanente, provoquant systématiquement la coupure de l'image et du son. Par politesse, mais aussi par pudeur.

La sexualité ? Sujet tabou ! J'ai pourtant grandi entourée de garçons. Ne voulant pas être rejetée, je me suis prêtée de bonne grâce à leurs jeux. Si mes frères organisaient le concours de celui qui pissait le plus loin, je faisais l'arbitre. Si mes cousins lançaient le concours du plus gros sexe, je levais le doigt pour faire partie du jury. Je n'avais pas encore de seins, tout le monde m'appelait la planche à pain. Mes frères n'étaient pas plus doués que moi en la matière. Bernard m'a un jour lancé à la figure :

— Tu ne savais pas que les enfants naissaient par-derrière ?

Dire qu'il était sérieux !

J'ai évolué dans ce monde masculin parce que je m'y sentais bien, sans me rendre compte que c'est un peu de ma féminité dont je me séparais.

*

* *

A ma sortie d'hôpital, j'ai envie de m'éloigner de Noisy. Notre maison est chargée de trop de souvenirs, Lounes ayant été notre voisin pendant des années. Et puis l'intransigeance de maman a fini par refaire surface, discrètement, par petites touches. Chassez le naturel... J'ai besoin de changer d'air, trop pollué par chez nous.

Je pars donc m'installer chez Belkacem, à Chenay-Gagny, près de Chelles. Avec mon frère, j'évolue dans un autre univers. La liberté qui m'est permise — et dont je n'abuse pas, par ailleurs — est saine et exempte de toutes représailles. Avec moi, Belkacem n'a rien à craindre. Je suis une jeune fille sage. En me bridant dès ma plus tendre enfance, ma mère a tué en moi l'étalon fou que j'aurais pu être,

148

me brisant les pattes avant même que je me mette à courir.

Mais les meilleures choses ont une fin et la parenthèse se referme. Je ne peux pas m'imposer éternellement, Belkacem a sa vie à faire. Et moi j'ai la mienne.

Je réintègre donc le domicile parental, qui décidément demeure mon éternel point de chute.

Maman étant plus calme, nos relations se sont quelque peu stabilisées, ma ration de coups diminuant d'autant. Car les gifles, elles, ont quand même repris ! Quant aux vexations... Le moindre geste de travers provoque une véritable déflagration. Les « tu n'es qu'une bonne à rien ! » sont devenus monnaie courante à la maison. Je ne réponds pas... Je garde en tête l'obligation, chez nous, du respect des parents.

Avec le recul, je regrette de ne pas m'être rebellée, d'avoir subi en silence pendant toutes ces années. J'aurais dû crever l'abcès. Ma mère, qui n'a jamais dit un gros mot de sa vie, un jour m'a traitée de *khirba,* de putain. J'avais quinze ans et demi. Cette fois-là, j'ai osé m'insurger.

— Ah bon ? Eh bien je vais aller la faire tout de suite, la putain !

Maman a été étonnée que je sache ce que ce mot voulait dire. Ma réaction soudaine lui a coupé ses effets. Elle a quitté la pièce et n'a jamais plus proféré ce genre d'insulte à mon égard.

Oui, j'aurais dû me rebeller. Mais je ne l'ai pas fait. Et rien ne sert de se lamenter, ni d'essayer de bâtir, avec des « si », la vie que j'aurais pu avoir...

Pour l'heure, je ne peux pas compter sur le soutien de maman. Pas plus que sur celui de mes frères. Leur regard sur moi a changé, aucun d'eux ne retrouvant dans mon physique ingrat celle que j'étais. Et aucun d'entre eux n'accepte franchement celle que je suis devenue.

VII

— Je veux qu'elle me rende ma bague de fian-
çailles, et mon alliance aussi !

Mustapha Zenka déclenche les hostilités. S'il croit
qu'il m'impressionne ! Cette fois-ci, il n'y a plus personne pour m'attacher et me bâillonner. Je vais donc
m'en donner à cœur joie et les balancer, lui et sa
foutue traîtrise ! Au juge qui nous a convoqués, mon
« mari » et moi, grâce à l'intervention ferme du
consul d'Algérie, M. Moundji, et au témoignage de
Mme Selmi, secrétaire à la mairie de Biskra, je dis
toute la vérité.

— Je suis d'accord pour rendre les bijoux à condition que mon mari me rende ma virginité !

Je viens de marquer le point gagnant. Le juge, qui
depuis le début de notre entretien s'est montré sou-
cieux de laisser la parole à chacun des intervenants,
s'étonne lorsque je lui confirme de quelle manière
mon oncle a signé à ma place notre certificat de
mariage. J'ai fait le déplacement jusqu'à Alger sur
convocation expresse de la justice algérienne. J'espère repartir « blanchie » !

N'ayant plus rien à perdre, je jette mon histoire à
la tête de ce pauvre juge qui se demande comment

de telles pratiques sont encore possibles dans son pays. Visiblement en colère, il s'adresse alors à Zenka, les joues rouges, les lèvres pincées. Bien qu'il n'ait pas le droit de prendre parti, je le sens sur le point de basculer de mon côté. Sa voix cassante fait monter la tension.

— Monsieur Zenka, votre femme dit-elle vrai ? Avez-vous laissé son oncle signer ?

J'ai presque pitié de « mon mari ». Il baisse la tête comme un chien qui a peur des coups. Il ne répond pas mais le hochement de sa nuque ne fait aucun doute. C'est oui.

Le juge me donne raison et, de ce fait, annule mon mariage. Quant aux bagues, je serais bien en peine de les restituer. A l'heure qu'il est, elles se trouvent au fin fond de la Seine.

Heureuse ! Je suis heureuse !

Enfin délivrée de ce nom d'épouse encombrant, je n'ai plus aucune raison d'avoir des contacts avec mon ex-mari. La dernière fois que je l'ai vu, il y a maintenant bientôt quinze ans, je l'ai rencontré par hasard à Biskra. Il était de nouveau marié et père de trois enfants. Ce qui ne l'a pas empêché de me lancer, comme par défi :

— Tu es toujours à moi !

Pour célébrer mon statut de femme « libre », j'organise une grande fête. Cela ne se fait pas mais au diable les convenances ! Ma joie est telle que je veux la faire partager au monde entier. J'ai préparé des litres de thé et de café, j'ai acheté des dizaines de gâteaux. Il y a aussi des pastèques, livrées par kilos entiers. Ce repas, hautement symbolique, représente le début d'une nouvelle vie et me donne ainsi l'occasion de me « purifier ». La mère de Mustapha Zenka est même passée me voir, son corps dissimulé sous sa robe aux couleurs chatoyantes. Ses dernières paroles ont été un véritable réconfort.

— Mon enfant n'a pas eu de chance. Toi non plus tu n'as pas eu de chance. *Mektoub,* ma fille...

Oui, c'est le destin.

Soulagée, je rentre en France, destination Noisy. Maman m'accueille plutôt fraîchement. Je ne lui ai pas caché les raisons de mon départ pour l'Algérie, trop contente d'avoir la possibilité de lui faire toucher du doigt sa perfidie. Elle avait voulu jouer ? Je venais de la faire perdre. N'empêche : l'annulation de mon mariage représente un affront qu'il lui sera difficile de me pardonner. Cela m'est bien égal. Nous en sommes à un point partout. A égalité...

*
* *

Mes nouvelles recherches d'emploi semblent sur la bonne voie. J'ai envoyé mon curriculum vitae à plusieurs entreprises algériennes implantées en France, dont deux m'ont répondu positivement. Je me présente pour passer des tests chez Expansial ainsi qu'à la Sonatrach, société d'Etat dépendant du ministère de l'Energie, laquelle m'embauche six jours plus tard.

Je travaille à présent dans les quartiers chics de Paris puisque le siège est implanté dans un hôtel particulier de l'avenue Victor-Hugo. Je remets la totalité de mon salaire à ma mère qui me reverse un peu de mon argent lorsque j'en ai besoin. Etant donné que je vis encore chez elle, il est normal que je participe.

Cette période me redonne confiance en moi. Mon travail est apprécié, ce qui me laisse la possibilité d'évoluer assez vite vers un poste plus intéressant. L'assistante du P-DG de la Sonatrach refusant de collaborer à la conférence internationale Dialogue Nord-Sud du ministère des Affaires étrangères au côté de l'ambassadeur d'Algérie, coprésident de cette même commission, mon patron, M. C., donne son accord pour me détacher auprès de la délégation algérienne. Il est en congé maladie : ma participation provisoire au sein de ce colloque tombe à point nommé. De plus, entre ministères, il est normal de se rendre service. Il arrive fréquemment que les employés fassent des allers-retours en fonction des besoins de chacun. Une chance m'est donnée de montrer mes talents d'organisatrice. J'accepte avec fierté et m'acquitte de cette tâche délicate avec les « félicitations du jury ».

Malheureusement, comme chaque fois que j'ai la tête hors de l'eau, la vie se charge de me faire boire la tasse.

M. C., en convalescence depuis plus de quatre semaines, retrouve son poste et tient, par la même occasion, à me récupérer. L'ambassadeur ne l'entend pas de cette oreille. Lui aussi a besoin de mes services ! Entre les deux hommes, la guerre est déclarée. Je suis bien entendu prise entre deux feux, sans avoir la possibilité de donner mon avis. Tous les arguments sont bons pour me déstabiliser. Bien que n'ayant rien à voir dans cette rivalité, j'en subis directement les conséquences. Je suis rétrogradée du premier étage — où se trouve la direction — au rez-de-chaussée. Ma charge de travail diminue considérablement.

Mes illusions avec...

*
* *

— Debout, lève-toi !

Ça ne va pas recommencer ! Pitié, pas aujourd'hui ! Si au moins j'avais droit à « s'il te plaît » ! Je ne suis pourtant pas un animal, que je sache... Je me suis couchée tard la veille, l'ambassadeur m'ayant demandé de faire quelques heures supplémentaires. Nous sommes samedi et je suis loin d'avoir mon compte de sommeil. Je tente de sortir de ma torpeur. Quelle heure est-il ? Je jette un coup d'œil à mon réveil : à peine neuf heures... Maman me secoue.

— Tu as entendu ?

Je grogne un « oui » inaudible.

Et merde ! J'ai vingt-deux ans, je gagne ma vie sérieusement, je ne fréquente aucun garçon, je ne bois pas, je ne fume pas, je ne sors pas. Que faut-il donc que je fasse pour avoir la paix ? Je traîne, je ne suis pas d'humeur. Ma mère non plus. Bien entendu, je suis la première à céder. A moitié endormie, je me prépare un café que j'aimerais avoir le temps de savourer. La dernière gorgée à peine avalée, ma mère est de nouveau sur mon dos.

— Allez, tu laves les bols maintenant !

Quoi ? Ça ne peut pas attendre ?

— Ecoute maman, je travaille. Tu m'obliges à me lever alors que les autres dorment encore. Tu ne respectes pas mon sommeil...

La riposte est immédiate ! Ma mère, ivre de rage, me tire par les cheveux et me mord jusqu'au sang dans le cou.

Amar a entendu mes cris. Il vient à mon secours et m'emmène sur-le-champ chez des amis, le temps que je panse mes plaies. Encore faudrait-il que je puisse... A chaque dispute, mes blessures s'ouvrent et s'infectent. Je me sens totalement incomprise. A la maison, ce ne sont que règlements de compte. Au travail, je suis considérée comme une « plus bonne à rien ».

Autant donner ma démission !

*

* *

Le studio que je visite, rue Francis-de-Pressensé, n'est pas bien grand. Je signe tout de même mon contrat de location. Je dors sur le canapé. L'unique fenêtre donne sur la rue, en face du cinéma L'Entrepôt, métro Pernety. C'est bruyant mais je préfère encore cela à Noisy. Le quartier est vivant et plutôt agréable. La rue Raymond-Losserand, très commerçante, est un de mes endroits préférés. J'y flâne régulièrement, sans but particulier. Avec l'unique envie de jouir totalement de ma liberté et de ne plus penser. Je mets mon cerveau sur répondeur. Ceux qui veulent me joindre n'auront qu'à laisser un message !

Ayant un loyer à payer, me voilà de nouveau en quête d'un emploi. Cette fois-ci, je postule dans une banque. Je suis reçue par un monsieur dont les manières grossières ne m'inspirent guère. Je n'arrive pas à croiser son regard. Et pour cause ! Ma jupe, sur laquelle je tire constamment, est devenu son seul point de mire. Il m'explique vaguement en quoi le poste consiste. Je le sens plus motivé par ma paire de collants que par mes compétences. Mal à l'aise, j'écourte la séance. A la fin de l'entretien, il me prend par le bras tout en me glissant à l'oreille :

— Je n'ai pas encore pris ma décision. Si vous voulez connaître la réponse, passez me voir à mon domicile.

Et pourquoi pas en déshabillé, tant qu'il y est ! Décidément, je ne tombe que sur des obsédés.

Je ne me suis pas rendue chez cet homme. Et je suis bien embêtée... Car je constate avec effarement que mes certificats de travail sont restés sur son bureau. Sous le coup de la surprise — me proposer de venir chez lui, il fallait oser ! —, j'ai complètement oublié de récupérer mes documents. Ce qui ne m'arrange guère, d'autant qu'Expansial, à qui j'avais aussi envoyé mon curriculum vitae, m'a embauchée. Mais au bout d'une semaine de travail, le service du personnel me réclame mes certificats, ceux que j'ai promis de leur fournir. Si je ne les donne pas, je risque ma place. Dans ma situation, cela signifierait rendre le studio et repartir de zéro.

Je téléphone donc à la banque, le cœur battant, et tombe directement sur la directrice du personnel, à qui j'explique le motif de mon appel ainsi que le comportement douteux de mon « recruteur ».

— Pourriez-vous répéter ce que vous venez de dire au directeur adjoint ?

— Sans aucun problème.

C'est ainsi que je me retrouve convoquée devant ledit directeur, deux jours plus tard, à l'heure du déjeuner. Je lui confirme avoir été invitée par un de ses employés à venir chercher la réponse de notre entretien à son domicile. Afin de s'excuser pour ce comportement cavalier, le directeur adjoint de la banque me propose mille francs de plus et un contrat de trois mois à l'essai.

Seulement, je suis déjà chez Expansial...

En y réfléchissant bien, cette augmentation de salaire me permettrait d'acheter quelques meubles, le mobilier de mon studio étant réduit pour le moment à sa simple expression : un canapé, une table et deux chaises. N'ayant pas d'économies, je pourrais également mettre de l'argent de côté, de quoi préparer l'avenir... J'ai peu de temps pour faire mon choix entre Expansial et la banque. Cinq minutes me suffisent pour prendre ma décision. Je serre la main de mon interlocuteur : affaire conclue !

Ce que je ne sais pas, c'est que le P-DG de la banque, dont le poulain n'est autre que l'homme qui m'a fait des avances, déteste son directeur adjoint. Cette affaire me rappelle étrangement quelque chose... Deux hommes qui s'affrontent, moi au milieu, moi sacrifiée. Après deux mois et vingt-neuf jours, je suis remerciée. La série « sans emploi » continue. Je pallie cette difficulté par diverses missions d'intérim qui vont se succéder pendant six ans, me permettant ainsi de vivre mais pas d'investir. Ni de me réaliser vraiment.

VIII

— Tu connais la Bretagne ? Si tu veux, je t'emmène à Quimper.

Pierre venait d'entrer dans ma vie. A notre première rencontre, j'avais vingt-trois ans et portais
encore en moi ce mystère non élucidé : les hommes.
Le peu que je connaissais d'eux n'était guère valori-
sant, à l'image de ceux qui avaient traversé ma vie.

D'abord mon père, dont je n'ai gardé aucun souvenir, si ce n'est celui de ses deux crimes. Ensuite,
Salem, mon beau-père, dans les bras duquel je ne
me suis jamais blottie. Mes frères, dont pas un n'a
été fichu de m'expliquer à quoi ressemble l'amour.
Sans oublier le tandem de choc : Mustapha Zenka et
Lounes Matta, qui ont tous deux abusé de ma naï-
veté... Mon éducation a fait le reste, ou plutôt a semé
les graines de mon ignorance, et donc de mes dés-
illusions. Rien n'a poussé dans ce champ dévasté par
les non-dits. Car à la maison, on criait, mais on ne
parlait pas. En tout cas pas de ces choses-là.

J'entends encore les paroles de ma mère à l'annonce de mes premières règles, à l'âge de treize ans.

— Interdiction de regarder un garçon, je ne veux
pas que tu reviennes avec un enfant dans le ventre !

Longtemps j'ai cru que les bébés se faisaient avec les yeux ! Longtemps j'ai marché la tête basse afin de ne pas « tomber enceinte ». Le traumatisme fut tel que pendant deux ans, mon sang n'a plus coulé.

J'ai grandi au sein d'une famille bourrée de préjugés, rongée par les lacunes transmises de génération en génération. Il m'a fallu attendre certaines lectures, notamment *Mademoiselle Age tendre* — eh oui ! — pour que mon horizon, véritable no man's land, s'élargisse. Tous les mois, je me jetais en cachette sur les articles concernant la sexualité.

Bref, j'étais loin d'être en avance sur la question...

J'avais quitté mon studio de la rue Francis-de-Pressensé, trop onéreux, pour un foyer de jeunes travailleurs à Saint-Denis. Le soir, après mon travail — je venais d'être embauchée à la SFP —, je dînais seule à la cantine. N'ayant fait la connaissance de personne, je me dépêchais d'engloutir mon repas. J'avais beau avoir mûri, certaines de mes habitudes persistaient. Je n'aimais pas me faire remarquer, je faisais profil bas et rasais les murs, en prenant bien soin de ne pas croiser les regards masculins. Ainsi, j'étais certaine de ne faire l'objet d'aucune convoitise.

Le bonnet en laine de Pierre a attiré mon attention. C'était tellement incongru ! Il était bien le seul au foyer à porter ce genre de « déguisement ». Ma robe berbère, de son côté, l'a intrigué. C'était tellement inattendu ! J'étais bien la seule à porter ce genre de vêtements.

Mais à part ça, rien. Il n'osait pas m'aborder, et je restais dans mon coin. Un jour, cependant, Anita, diabétique, mère de deux enfants dont elle ne pouvait s'occuper, m'a invitée à boire un café dans sa chambre. Cette fille me faisait mal au cœur. Eloignée de sa famille, elle végétait déjà depuis trois ans dans ce foyer.

Je pensais que nous serions seules. Anita avait pourtant un invité.

— Je te présente Pierre, c'est la première fois que tu le vois, non ?

Je me dis aussitôt qu'elle devait être amoureuse de lui en secret, comme toutes les autres jeunes filles du foyer, d'après ce que j'avais pu entendre. Pour ma part, je ne le trouvais pas bouleversant...

Nous nous sommes serré la main. Je ne suis pratiquement pas intervenue durant le cours de la conversation. Ce n'était pas le coup de foudre. Comment aurait-il pu en être autrement ? Les choses de l'amour m'étaient tellement étrangères que mon cœur, verrouillé de l'intérieur, avait perdu toute spontanéité. De plus, Pierre était catholique. Maman ne pratiquant pas le mélange des genres, il était impensable que j'aie la moindre intention déplacée.

Pourtant, lorsque j'ai appris que Pierre était arrivé de Quimper avec en tout et pour tout une valise, ainsi que sa voiture, une Ami 6 couleur crème, j'ai été troublée. J'ai repensé alors aux paroles de la voyante que j'avais consultée à Bejaïa. Celle qui m'avait annoncé trois hommes dans ma vie, dont un aurait pour seul bagage son automobile. Ma petite voix intérieure intervint aussitôt : « C'est ridicule, tu ne vas pas croire à toutes ces balivernes, combien d'hommes en France possèdent une voiture ? Des milliers ! Pierre n'a pas plus de chance d'être celui-là que n'importe quel autre ! » J'ai donc rangé mon interlocuteur dans la case des « bons copains à ne surtout pas fréquenter ».

Sans regret car j'avais la tête ailleurs. Aussi fou que cela puisse paraître, Noisy me manquait ! Quel drôle de paradoxe que celui qui vous pousse à échapper à votre clan pour ensuite regretter cette perpétuelle fuite en avant. Maman avait le don de me taper sur les nerfs. Malgré tout, je ne pouvais me passer d'elle. Poison, quand tu nous tiens...

— Pierre a accepté de te jouer un air de guitare ? Je n'en reviens pas !

Quelque temps après son dîner, Anita me faisait part de sa stupéfaction devant un tel privilège.

— Toutes les filles du foyer le supplient, il n'a jamais voulu... Alors c'est qu'il est dingue de toi !

J'ai haussé les épaules, n'importe quoi, c'était ridicule...

Pas tant que ça, en fait. Je savais qu'Anita avait raison. La veille au soir, avant que nous nous séparions, Pierre avait essayé de m'embrasser, sur le pas de la porte. Au moment de me dire « au revoir », son visage s'était approché suffisamment près pour que nos lèvres se touchent. Il y avait mis les formes. Tant de précaution et de douceur, rien que pour un baiser ! Je m'étais enfuie.

Pendant près d'une semaine je l'ai évité, le trouble que je ressentais me paralysant totalement. Je ne savais plus quelle attitude adopter. Il me plaisait, et c'est bien ce qui me faisait peur. Je redoutais une nouvelle blessure, une nouvelle humiliation.

Il fallait pourtant bien que je le lui rende, ce livre ! Pierre me l'avait gentiment prêté en me demandant de ne pas le garder trop longtemps. Prenant mon courage à deux mains, un jour, j'ai frappé doucement à la porte de sa chambre, tout en espérant qu'il ne m'entendrait pas. Pierre a sauté sur l'occasion pour s'excuser. J'ai souri. De quoi se sentait-il coupable ? D'avoir voulu m'embrasser ? D'autres en auraient fait bien plus avant de songer à demander pardon !

J'étais effarouchée, c'est vrai. Pourtant, sa compagnie avait quelque chose de réconfortant. Grand, mince, le cheveu fin, le visage long, Pierre avait le charme délicat de ceux qui cachent des trésors au fond d'eux, là où il n'est pas facile d'avoir accès. Je lui ai parlé de ma vie, il m'a écoutée, comprise. Je le voyais à ses yeux qui me fixaient et ne me lâchaient plus. Lorsqu'il intervenait, ses mots sonnaient juste. J'aimais la façon qu'il avait d'être serein.

*
* *

Dans son Ami 6, nous roulons en direction de la Bretagne. Les neuf heures de trajet sont entrecoupées par diverses pauses sur le bord de la route. Le café est resté chaud dans la Thermos.

En dépit des quelques kilos superflus que j'ai gardés, je dévore plusieurs sandwichs. Mes rondeurs n'ont pas l'air de rebuter Pierre qui ne m'a jamais fait aucune remarque désobligeante à ce sujet. Mes cheveux ont repoussé, mes boucles brunes atteignent presque le milieu du dos. J'ai encore faim. Je pioche alors dans le stock d'œufs durs. Des œufs durs... J'en ai pourtant mangé par milliers ! Enfant, je restais à la cantine quatre fois par semaine. Les menus manquaient de fantaisie, la diététique étant alors peu pratiquée dans les établissements scolaires. Il m'arrivait souvent de me retrouver avec une côte de porc dans mon assiette. N'y ayant pas droit, j'étais placée d'office à une table à part, en compagnie de mes camarades soumis eux aussi au même régime, les œufs durs remplaçant invariablement la viande qui nous était interdite.

La mère de Pierre nous attend sur le perron, un peu surprise malgré tout de voir son fils accompagné d'une jeune fille. C'est bien la première fois ! La soirée se déroule dans une ambiance chaleureuse, les parents de mon ami se montrent particulièrement prévenants. Au moment d'aller me coucher, je m'aperçois avec stupéfaction que nos valises ont été déposées dans une seule et même pièce. La mère de Pierre, à qui je demande où se trouve ma chambre, en rougit de confusion.

— Vous ne dormez pas ensemble ?

— Non, madame... Pierre n'est qu'un copain !

Ces quatre jours passés loin du foyer ne modifient pas mes impressions. Malgré toutes ses qualités — il est tendre, prévenant, doux, attentionné —, je ne ressens pour Pierre aucun des symptômes du désir : palpitations, jambes flageolantes, mains moites, que sais-je encore ! Il me plaît, oui, mais comme ami.

164

Resté sur le quai de la gare après avoir porté mes valises jusque dans le compartiment, Pierre me dévisage calmement, les mains derrière le dos. Je sens qu'il aurait aimé un peu plus de « chaleur » de ma part. Il attend que le train démarre. De mon côté, rester près de lui ou retrouver ma chambre à Saint-Denis m'indiffère.

Je me contente de lui envoyer un *bye bye* distant par la fenêtre du train. En y repensant, j'ai honte de m'être comportée aussi cruellement. Pierre était amoureux de moi, aurait-ce été si douloureux de lui montrer un peu de compassion ? Probablement...

Dès lors, il ne donne aucun signe de vie. Je ne lui en tiens pas rigueur. Devant aussi peu d'enthousiasme, j'en aurais fait autant. Cependant, son absence me permet de réfléchir. Que se passe-t-il en moi ? Je ne saurais le dire. De quoi les sentiments sont-ils faits ? Faut-il toujours vouloir leur donner un sens ? Quoi qu'il en soit, je dois l'admettre : Pierre me manque. Je me surprends à ne penser qu'à lui et attendre son retour avec impatience.

Ce dimanche-là, je le guette du coin de l'œil. Assise à la cafétéria, je sais qu'il doit arriver en fin d'après-midi. Lorsqu'il franchit la porte du foyer, je me lève d'un bond, je cours vers lui et me jette dans ses bras. Pierre ne cache pas son étonnement. Il m'a connue de glace, je suis devenue de feu. Me soupçonnant de jouer la comédie, il ne m'enlace pas immédiatement. Ce n'est que lorsque je l'embrasse qu'il m'étreint à son tour.

— Tu m'as manqué, Jamila, je t'aime.

J'enfouis ma tête contre sa nuque.

— Toi aussi tu m'as manqué.

Je n'ajoute rien de plus, « je t'aime » ne faisant pas partie de mon vocabulaire.

Le lit n'a qu'une seule place et nous sommes pourtant deux. Serrés l'un contre l'autre, Pierre et moi venons de passer la nuit ensemble dans un tourbillon de caresses. De quoi me réconcilier avec la vie qui, jusqu'à présent, n'a mis sur ma route que des brutes. Il faut dire que Pierre est presque aussi néophyte que moi en la matière ! Ses gestes n'ont sans doute pas l'assurance de ceux qui savent. C'est précisément cette innocence qui me touche. Mes seins collés contre son torse, je me laisse envahir par cette chaleur qui m'engourdit lentement, jusqu'à ce que je m'endorme, rassasiée, sans que nos deux sexes aient eu besoin de s'unir.

Par la suite, j'aurai l'occasion de me rendre compte que l'amour charnel ne me rendait pas heureuse. C'était sans importance. La tendresse de Pierre me comblait. Je peux dire sans mentir que pendant toute la durée de notre relation, j'ai été entourée d'amour et d'affection.

*
* *

Notre vrai bonheur commence à Saint-Denis, rue des Ursulines, dans un grand deux-pièces attribué par la mairie. Notre salon donne sur un des jardins de la résidence. C'est notre premier appartement. Quelle fierté j'ai ressentie lorsque les clés nous ont été remises ! Je me souviens les avoir serrées dans ma main en me

166

jurant de tout faire pour que notre couple dure le plus longtemps possible. Nous sommes tellement heureux, Pierre et moi, que nous fixons rapidement la date de notre mariage. Ce sera pour la fin de l'année !

Jean, mon futur beau-père, a fait le déplacement de Bretagne, accompagné par son fils, afin de demander ma main à maman, qui habite désormais dans une des tours du quartier des Landaux. Toute ma famille est présente pour l'événement. Ce jour-là, Pierre ne porte pas de costume, mais un jean, bel et bien troué ! Ma mère, à cheval sur les principes, trouve qu'il a l'air d'un clochard. Je dois avouer que j'ai d'abord été moi aussi quelque peu surprise avant d'admettre, finalement, qu'il avait raison d'être ce qu'il était.

Mon futur mari méprise les conventions et le fait savoir, ce qui n'est pas pour me déplaire... Est-ce vraiment un hasard si je l'ai choisi ? A son contact, j'ai appris à fuir les opinions des autres. Grâce à Pierre, il m'est arrivé de prendre le contre-pied des valeurs familiales, au grand dam de ma mère qui n'a jamais accepté mes robes moulantes et ma chaîne au pied.

En revanche, les manières posées de mon futur beau-père font forte impression. Maman n'en revient pas. Dans la cuisine, alors que je suis en train de faire la vaisselle — habitude dont je ne me défais jamais lorsque je suis à Noisy —, elle me prend à part :

— Jean, voilà un homme qui a de l'éducation ! Tu te rends compte, il a demandé ma permission avant d'enlever sa veste !

Le moment venu, Jean doit se lancer pour faire sa demande. Grand silence autour de la table. L'instant que je redoute tant est arrivé.

— Madame, accepteriez-vous que Pierre épouse Jamila ?

Ma mère, pourtant conquise par le savoir-vivre de mon futur beau-père, estime tout de même qu'il est de son devoir de repousser sa requête, le plus poliment possible.

— Vous savez, monsieur, votre fils n'est pas musulman...

— Mais pas du tout !

Pierre, qui jusque-là est resté muet, s'est levé sous les yeux ahuris de l'assistance. Je suis la première à ne pas y croire, de quoi parle-t-il ? Comment peut-il se prétendre de notre religion alors qu'il est de souche bretonne ?

Il a tout simplement pris rendez-vous avec un imam dans le plus grand des secrets. Après avoir récité trois fois le même verset « Dieu est unique, il est grand, Mahomet est son Prophète », Pierre est ressorti de la mosquée, converti.

Mon fiancé, qui a parfaitement réussi son effet de surprise, vient de me faire une magnifique déclaration d'amour. Rien ne pouvant plus faire obstacle à ce mariage, la cérémonie est donc fixée au 29 décembre.

C'est du moins ce que je pense, car la veille...

*
* *

— Attention Pierre, là, sur le côté !

J'ai eu beau crier... Trop tard ! La camionnette nous a pris de plein fouet. Notre Ami 6 n'a pas résisté à l'assaut, la tôle s'est froissée et nous voilà dans le décor, après deux tonneaux. Tout est allé très vite, la sirène des pompiers, les brancards, l'agitation autour de nous, j'entendais qu'on hurlait « le type est dans un sale état », puis ce fut l'hôpital de Bondy. Quant à moi, je m'en suis sortie avec quelques ecchymoses et des morceaux de verre un peu partout. Les aides-soignants en ont même retrouvé dans mes sous-vêtements ! Sans qu'il y ait une goutte de sang ! Le choc passé, le médecin de garde a tout de même jugé bon de me mettre en observation. En effet, les infirmières, après m'avoir examinée, n'entendaient plus les battements du cœur de mon bébé.

Je m'étais retrouvée enceinte sans le vouloir. La pilule me rendait malade. Je vomissais sans arrêt, sans me douter un seul instant que la prise journalière de ce minuscule comprimé pouvait être la cause de mes nausées. J'avais préféré mettre cela sur le compte de mon éternelle fatigue. Je me sentais tellement faible qu'une hospitalisation avait dû être envisagée. La médecine n'étant pas épargnée par les défaillances humaines, personne dans le service n'a jugé bon de me faire une prise de sang !

Si tel avait été le cas, ma résistance à tout moyen de contraception oral aurait été immédiatement décelée. Pierre et moi aurions fait alors le nécessaire pour nous débrouiller autrement... Mais il a bien fallu se rendre à l'évidence... Dans ce cas précis, la pilule n'avait pas fait son effet : j'allais avoir un bébé.

Lorsque j'ai annoncé la nouvelle à Pierre, j'ai cru qu'il allait tomber à la renverse. Il criait, il sautait. « C'est formidable, c'est formidable ! » hurlait-il en me couvrant de baisers.

Formidable ? Vraiment ?

Soignée à hautes doses de Primpéran — quarante-six piqûres au total — et refusant de m'alimenter correctement, j'avais alors perdu dix-huit kilos. Mon corps s'opposait ainsi à cette maternité que je jugeais prématurée. Car dans ma tête les choses étaient claires : je ne voulais pas de cet enfant. Pas encore...

Inutile d'être un psychiatre averti pour comprendre... Cet enfant me renvoyait inexorablement à celle que j'étais alors et à celle qui m'avait donné la vie. Elevée entre l'enclume et le marteau, la tête prise dans un étau, j'ai grandi dans la peur et la violence, seule face à toutes mes interrogations. Comment aurais-je été capable d'assumer ce tout-petit ? Quel héritage affectif allais-je être en mesure de transmettre à ma fille — car je savais que ce serait une fille ?

Ma vie durant, je n'avais eu comme modèle qu'une femme dure à la tâche, qui m'aimait sans doute mais maladroitement. Je ne lui en voulais pas, je comprenais que ce n'était pas sa faute. Maman avait côtoyé la mort de près, par trois fois, de quoi y laisser sa lucidité. Qui sait si je ne serais pas devenue folle à sa place...

Quoi qu'il en soit, complètement désarmée, j'ai

baissé les bras sans chercher à me battre, ne me sentant pas assez forte, pas assez mûre pour offrir à mon enfant ce qui m'avait manqué : une famille unie, pleine de rires et de baisers, vivant dans la confiance et la sérénité. Traquée par la fatalité, j'étais persuadée que je serais tôt ou tard contrainte d'utiliser moi aussi la force pour m'exprimer.

Il y avait tant que questions auxquelles je ne pouvais donner de réponse ! L'idée d'être mère me faisait mal. Et peur...

Le bonheur de Pierre n'a pas été suffisant pour m'aider à redresser la barre. J'ai coulé lentement, sans oser lui parler de ma souffrance. Mon état a empiré. Amaigrie, anémiée, j'ai affronté une énième hospitalisation. Pendant treize jours, je suis restée alitée dans une pièce sombre, appelée alors chambre noire. Pendant treize jours, j'ai été perfusée et n'ai eu droit à aucune visite. Durant cette mise en quarantaine, mon esprit n'a cessé de fouiller dans les méandres de mon passé, à la recherche de la moindre étincelle de survie. Mes souvenirs, confus, indisciplinés, ont fait barrage à l'espérance. Résignée, j'ai demandé la permission de voir Pierre, à qui je souhaitais annoncer ma décision de ne pas poursuivre cette grossesse.

— Je veux avorter !

Mes paroles ont eu l'effet d'une bombe. Choqué, le visage inondé de larmes, Pierre m'a suppliée de réfléchir encore un peu.

— Tu ne peux pas me faire ça ! Nous avons besoin de cet enfant.

Lui peut-être. Pas moi. Trop de blessures mal fermées, trop d'images obsessionnelles. Il m'était impossible, physiquement et moralement, d'aller plus loin.

Pierre m'a fixée un long moment, comme si je venais d'une autre planète. Le silence s'est installé entre nous. L'air désabusé, il n'a pas insisté. J'en ai déduit qu'il venait de me donner son accord. Je l'avais toujours connu passif, du genre résigné. Les autres étudiants du foyer, à l'annonce de notre « cohabitation », s'étaient d'ailleurs demandé ce que je faisais avec un homme aussi flegmatique.

Le proverbe dit qu'« il faut se méfier de l'eau qui dort ». Pierre ne m'avait pas encore révélé le dixième de sa personnalité. Je mettais en doute ses capacités à se battre ? J'allais en être pour mes frais !

Connaissant les liens inextricables qui nous unissaient, ma mère et moi, Pierre est allé lui demander son aide. A ses yeux, elle était la seule personne capable d'avoir du pouvoir sur moi et par conséquent de me faire changer d'avis. C'était son unique chance de sauver notre enfant.

Si Pierre m'en avait touché un mot, j'aurais tenté de le dissuader de se lancer dans une telle entreprise. Je le lui aurais même interdit ! Autant demander à une fourmi d'atteindre le sommet de l'Himalaya. Maman avait l'allure d'une chaîne de montagne réservée aux plus résistants, aux plus conquérants. Et puis ma mère n'avait rien à voir dans toute cette histoire. J'étais assez grande pour mener ma vie ! Je n'aurais pas parié un sou sur l'issue du combat que Pierre allait devoir mener. Je connaissais d'avance les arguments de ma mère :

— Quoi ? Vous n'êtes pas mariés et ma fille attend un enfant ?

*
* *

Le mur de l'incompréhension — qui nous avait séparées pendant de longues années — s'est écroulé lorsque je l'ai vue entrer dans la chambre. J'ai fermé les yeux et remercié Dieu pour tant de bonté. Je lui ai tendu la main, elle n'osait pas approcher. Le barrage qui retenait mes larmes a cédé, maman m'a souri. Ce sourire, même pour un million de dollars, je ne l'aurais pas vendu. Entre nous, ce jour-là, les traditions, l'honneur, le qu'en-dira-t-on se sont inclinés devant l'arrivée imminente d'une nouvelle vie.

Nous étions enfin face à face, dans ce moment fort et intime, telles qu'en nous-mêmes : une mère et sa fille.

A voix basse, comme pour ne pas briser cet instant fragile, elle m'a dit :

— Je te demande pardon et je te donne ma bénédiction.

Ces paroles magiques n'ont pas fait disparaître notre champ de bataille mais ont contribué à le rétrécir considérablement. Maman me demandait pardon ! Quel magnifique arc-en-ciel... après tous ces jours de pluie.

IX

L'hiver est une saison que je n'aime pas. Je suis une fille du soleil, la pluie me glace, le froid me gêne. Janvier n'est pas le mois idéal pour convoler. Pierre m'a épousée trois jours avant l'anniversaire de maman. Est-ce là le signe d'une issue fatale ?

J'aurais préféré une tenue plus adéquate qu'un pull gris et ce kilt vert. Dans mon manteau marron un peu trop grand, je ne parvenais pas à me réchauffer. Pierre voulait faire simple, « surtout pas de chichi », avait-il dit.

De quoi aurais-je eu l'air dans une belle robe blanche, au bras de mon mari vêtu d'un pantalon de velours et d'un pull en V ? Car malgré les circonstances, voilà comment Pierre était habillé ! Il était si opposé à toute forme de « tralala » que rien n'aurait pu l'empêcher de se présenter devant nos invités autrement que comme il l'avait décidé, c'est-à-dire en tenue dépareillée. La simple idée de porter un costume lui donnait des boutons. Quant au smoking, je n'ai même pas osé prononcer le mot !

Ce jour-là, étais-je gaie ? Etais-je triste ? Je n'en ai pas le moindre souvenir. J'étais de mèche avec le temps, me semble-t-il. Perdue dans le brouillard. Le bébé, à l'abri dans mon ventre, me donnait des coups de pied.

La cérémonie a eu lieu à la mairie uniquement. Belkacem, installé à Alger, avait fait spécialement le déplacement. Ma mère, qui n'avait accepté ce mariage qu'à condition de ne pas y assister, a repris d'une main ce qu'elle m'avait donné de l'autre. Etant la seule absente de la famille, elle espérait ainsi me punir d'avoir fait annuler mon mariage avec Mustapha Zenka...

*
* *

J'ai beaucoup lu étant plus jeune, bien que ma mère ne m'y ait jamais encouragée. Elle ne voulait pas que je me fasse trop d'illusions. A l'entendre, les rêves étaient mauvais pour la santé. Alors je feuilletais les livres en cachette, le soir dans mon lit. Je trouvais toujours le moyen de m'évader, qu'il s'agisse d'amour ou de cavales entre malfaiteurs et policiers. Mon quotidien, somme toute abêtissant, ne m'offrait aucune nourriture intellectuelle. Il fallait bien que je me débrouille par moi-même pour me sustenter. Je m'étais alors juré de donner à mon enfant le prénom d'un héros ou d'une héroïne de mes romans préférés. Ce fut Natacha, comme dans *Guerre et paix*.

Sans péridurale, je n'ai eu qu'à pousser deux fois. Ma fille pèse près de quatre kilos et mesure cinquante et un centimètres. Il est une heure moins dix du matin. Je la prends dans mes bras, je caresse ses cheveux roux, j'effleure ses joues potelées. Sa petite

176

main noyée dans la mienne, tout en pleurant, je lui parle alors que ses grands yeux bleus semblent m'absorber.

Je lui dis : « Natacha, l'amour est une terre inconnue sur laquelle je veux te faire voyager. Ensemble, nous irons jusqu'aux confins du bonheur. Tu ne manqueras de rien, je promets de t'offrir la clé de mon cœur, celle qui donnera des réponses à tes questions, celle qui apaisera tes frayeurs. Grâce à toi, je viens de naître une seconde fois. »

Puis, je l'embrasse sur le front. Ce baiser scelle notre union. A tout jamais.

Le plus important reste à faire : l'éduquer.

Le mode d'emploi utilisé par maman étant quelque peu archaïque, j'ai préféré laisser parler ma propre fibre maternelle. J'ai dosé les ingrédients sans connaître les véritables proportions : dans un grand bol de douceur, j'ai jeté beaucoup d'amour, quelques grains d'indulgence, une pincée de sévérité. La pâte était bonne. La cuisson a laissé à désirer... « J'ai pourtant fait de mon mieux ! » Quel parent n'a jamais prononcé cette phrase-là...

Je me suis toujours efforcée de dialoguer avec Natacha. J'ai fait en sorte de mettre en paroles les différentes étapes de notre vie afin de ne pas créer de souffrances inutiles. Notre entente n'a pas toujours été idyllique, mais une véritable complicité s'est créée entre nous. Nous avons fait le pacte d'échanger notre confiance mutuelle et il n'y a jamais eu, de sa part, un coup de canif au contrat. Natacha ne m'a jamais déçue. Il n'en a pas été de même pour moi, je crois. Je l'ai beaucoup gâtée, beaucoup protégée, beaucoup couvée. Trop sans doute. Le lien qui nous unissait était tellement fusionnel qu'il en devenait vénéneux. Pour compenser mes propres manques, j'ai reporté sur ma fille les témoignages d'affection que je n'avais pas eus. Je les ai multipliés par dix... jusqu'à l'étouffement.

Paradoxalement, toute ma vie j'ai poussé ma fille à vivre loin de moi afin de lui donner cette autonomie à laquelle j'avais si souvent aspiré.

Bien sûr, il m'est arrivé de piocher dans le passé. J'ai reproduit certains modèles de ma mère — ces démons comme je les appelle — contre lesquels je me suis pourtant efforcée de lutter. J'ai souvent gagné, j'ai beaucoup perdu. Je me suis montrée autoritaire, cassante, voire blessante parce que dans le regard de ma fille, j'avais le sentiment de me revoir, enfant. Natacha affichait un air arrogant, elle me jugeait, comme je devais juger ma mère, inconsciemment.

Je n'ai pas toujours été facile, c'est vrai, car j'ai fait ce que je voulais. J'ai trop entendu de « j'ai gâché ma vie pour toi ! » pour vouloir prononcer ces mots-là. J'ai voyagé, beaucoup voyagé, je suis sortie, beaucoup sortie, j'ai vécu comme une égoïste.

Je me suis reposée sur Pierre. Natacha, qui en souffrait en silence, s'est sentie écrasée par ma personnalité fantasque, par mon caractère entier. J'ai perturbé ma fille avec mes émotions en dents de scie, je l'ai exposée en ne lui épargnant aucune vérité.

Mais je ne l'ai jamais battue. S'il m'est arrivé d'en avoir envie, j'ai su la protéger de moi.

— Fiche le camp, va-t'en !

Lorsque je sentais monter ma colère, je demandais à Natacha d'un ton sec de quitter la pièce. Mieux valait pour elle s'éclipser au plus vite, le temps que je me calme. J'ai longtemps remercié Dieu de m'avoir donné une fille aussi docile et aussi sage. Si par malheur Natacha avait été rebelle, je n'ose imaginer ce qui aurait pu arriver.

J'ai toujours dit à Natacha que je l'aimais, je le lui dis encore. Il faut qu'elle sache qu'à tout moment elle peut compter sur moi. Je suis sa mère, mais aussi son amie. Je regrette si je lui ai fait du mal. Pierre et moi avons été de bons parents, chacun à sa manière, mais chacun séparément.

*
* *

Dès la naissance de notre fille, Pierre se révèle un père parfait. Il a des gestes sûrs et de l'affection à revendre. Sa journée de travail à peine terminée, il est déjà pendu à mon cou, prêt à prendre le relais après m'avoir embrassée tendrement. Baigner Natacha, changer ses couches, lui donner le biberon... Aucune de ces « tâches » ne le rebute. Il s'y prête au contraire de bonne grâce, me permettant ainsi de souffler après une surveillance de tous les instants.

Pierre n'est pas qu'un père parfait. Il est aussi un mari fidèle ! Les autres femmes ne l'intéressent pas, c'est tout juste s'il les voit passer. Son seul bonheur se résume à son travail — il est alors électricien — et à sa famille, qu'il ne lâche pas d'une semelle. Prévenant et accommodant, j'ai un mari en or auquel je ne saurais faire aucun reproche.

A une exception près... Après avoir montré des signes d'accalmie, ma nervosité a vite repris le dessus, s'extériorisant par des objets que je casse pour un rien, des objets qui appartiennent à Pierre et auxquels il est attaché. Je les jette violemment par terre, je les balance contre le mur, je suis tendue et fatiguée. Mon mari ne s'emportant que rarement, je n'ai qu'une seule envie : le voir sortir de ses gonds. Mais bon sang, qu'il se mette donc en colère ! Sa passivité m'exaspère, tout est prétexte à disputes.

Il est le père de ma fille, mon ami, mon confident. Pourtant, je ne suis pas amoureuse, voilà la triste vérité !

De mon côté, je suis loin de remporter la palme d'or de l'épouse parfaite ! Rester à la maison m'ennuie. Je ne peux me contenter de passer mes journées à laver, rincer, cirer, repasser, cuisiner, descendre faire les courses, étendre le linge. Je l'ai sans doute trop fait dans mon adolescence, ma prime jeunesse. J'ai trop donné pendant ces années-là pour avoir envie de reprendre le rôle de Cendrillon.

Pierre a besoin de sécurité, moi de fantaisie. Mon comportement ne lui plaît pas ? Tant pis ! J'ai envie de faire ce que je veux. J'ai même contracté un prêt afin de pouvoir investir dans les vêtements et la lingerie !

Je suis boulimique de la vie et fais en sorte d'en dégoûter mon mari. Avec le recul, j'ai une explication quant à ce comportement « suicidaire ». Etant enfant, on ne peut pas dire que j'aie été bercée par le son mélodieux de la voix de maman. Ce sont plutôt ses cris, son agitation, son agressivité qui m'ont « nourrie », le calme et le repos n'étant pas prévus au programme de ma formation. Alors je ne suis vraiment moi que dans le mouvement, le bruit et le remue-ménage.

J'ai besoin de souffrir pour aimer.

Pierre maintient le cap comme il le peut avec en tout et pour tout deux armes contre lesquelles je suis impuissante : l'amour et la patience. Ne tenant plus en place, je mets Natacha à la crèche. Si je veux préserver mon couple du naufrage, il me faut aller exercer mes talents d'agitatrice ailleurs.

Le poste d'assistante qui m'est alors confié ne me permet pas de rester bien longtemps chez le fabricant de jouets qui m'emploie. Le dépôt de bilan, entériné quelques mois après mon arrivée, me chasse une fois de plus du monde du travail.

La société Yves Saint Laurent-Biderman — voisine de celle dans laquelle j'exerçais — est prête à m'engager. J'ai fait par hasard la connaissance du directeur, qui m'a proposé de m'embaucher à la suite de mon licenciement.

Je dois commencer en septembre 1980. Des événements dramatiques en décideront autrement.

X

Les études n'ayant jamais eu de secret pour mon frère, brillant depuis son plus jeune âge, Amar vient d'obtenir son diplôme d'ingénieur en Aérospatiale. Comme il est né du bon côté de la barrière — celui des hommes —, ma mère n'a mis aucun frein à sa scolarité. Travailleur, intelligent, Amar s'est vite distingué dans le domaine de son choix. C'est sans effort qu'il s'est vu offrir un poste chez Dassault. Lui aussi doit commencer en septembre.

Après quelques jours de vacances à La Rochelle auprès de Maggy, sa fiancée, qu'il fréquente depuis le lycée, il décide de faire avec elle un périple en Espagne. Mon frère ne peut concevoir de vacances sans s'adonner à son sport préféré : la plongée sous-marine. Ce jour-là, armé d'un masque et d'un tuba, il saute quatre fois, souhaitant ainsi faire plaisir à la famille. En effet, quand nous lui rendons visite dans son appartement de Pantin, nous sommes toujours admiratifs devant sa collection de coraux. Je nous entends encore lui dire :

— Rapporte-nous-en la prochaine fois, s'il te plaît...

« La prochaine fois », c'est cette sortie en mer,

entre Cadaqués et Rosas. Amar s'est jeté à l'eau dans l'espoir de nous offrir ce que nous ne cessons de lui réclamer. La quatrième tentative lui est fatale. Maggy a bien tenté de le retenir, le suppliant de ne pas y retourner. Mon frère a fait une belle récolte, à quoi cela sert-il d'en rajouter ? Maggy n'a pas besoin de ce corail, elle s'en fiche éperdument.

— Je plonge une dernière fois, pour toi !

Amar n'est jamais remonté, l'ivresse des mers l'a emporté. On peut espérer qu'il n'a pas souffert. Lui qui rêvait de mourir dans l'eau ! Maigre consolation pour ceux qui restent.

Ma mère s'est souvenue d'un rêve qu'elle avait fait avant la venue au monde de son fils. Un beau jeune homme était sorti des flots pour lui annoncer la naissance d'un garçon qu'elle prénommerait Amar. Triste prémonition.

Lorsque Rafik m'apprend le décès de notre frère, je sens un grand froid monter dans mes veines. Machinalement, je demande à Pierre une de ses cigarettes. Je n'ai jamais fumé de ma vie. Je ne cesserai plus de le faire...

La nicotine brûle mes poumons, je crache, puis je tousse. J'étouffe. En fait, seule la douleur m'oppresse. Je suis tellement tétanisée que je ne peux pas pleurer. Paralysée, anéantie, je ne comprends pas pourquoi Amar est mort et pas moi.

Ma mère adorait mon frère, il était le soleil de sa vie, son idole, son préféré. Il faut dire qu'Amar avait la technique pour l'amadouer ! Personne ne parlait à maman comme il le faisait. Cajoleur, il l'entourait de ses bras et la soulevait à deux mètres du sol, juste pour l'embrasser. Pour elle, il était le plus gentil, le plus intelligent, le plus beau de tous ses enfants. Son visage aux traits réguliers était presque parfait, ses yeux sombres dégageaient une sorte de grâce naturelle.

Lorsqu'il lui arrivait de se promener en caleçon dans la maison sous les yeux effarés de maman, il avait cette réplique extraordinaire :

— Non, je n'ai pas honte, puisque c'est toi qui m'as fait !

Docile et réservé, Amar avait réussi là où j'avais échoué. Nous étions du même sang mais n'avions pas le même tempérament. Ma nature fougueuse me poussait à faire des bêtises. Combien de fois ai-je mis de l'eau de Javel dans l'eau du linge de couleur ! Combien de fois ai-je rajouté un peu de lessive alors que les draps venaient d'être rincés ! Je ne tenais pas en place.

Amar, lui, pouvait rester des heures assis sur une chaise, sans bouger. Moi, il aurait fallu m'attacher ! Lorsqu'on m'emmenait à l'école, je hurlais tellement que toute ma rue était aux fenêtres. Maman venait à peine de lacer mes chaussures que je les dénouais. J'étais tête en l'air, distraite, maladroite. Quand il s'agissait de coudre ou de tricoter, la séance virait au cauchemar.

— Attention ! Tu fais n'importe quoi !

Si au moins maman avait pris le temps de m'expliquer ! La patience n'était pas son fort. Douée en tout, elle ne comprenait pas que je ne sois pas née avec des doigts de fée. Dans les domaines requérant un peu de minutie et d'adresse, j'étais loin de l'égaler, elle qui savait aussi bien broder que confectionner un gâteau des plus compliqués.

Des tapes sur la tête, je m'en suis pris par lots de dix ! Quand il ne s'agissait pas d'une promotion exceptionnelle, quinze pour le prix de douze ! Amar, jamais. D'ailleurs, il détestait la violence, qu'elle soit physique ou verbale. Les rares fois où il a assisté à des scènes brutales entre ma mère et moi, il est intervenu. Trop rarement à mon goût. Car maman était suffisamment rusée pour ne pas se faire prendre la main dans le sac. Elle ne frappait que quand nous étions seules, loin des regards indiscrets.

En revanche, il arrivait que mes oncles et mes tantes soient témoins de ses penchants pour les châtiments corporels. Devant eux, elle ne craignait plus rien, étant considérée par le reste de la famille comme la « Ramti », la « femme de l'oncle », position plus qu'honorable dans notre société. Ce « titre », légué à la mort de Salem, semblait la protéger des réflexions d'autrui. Mon beau-père bénéficiait d'un statut social un peu particulier. Il était celui que l'on respectait car il avait fait le bien autour de lui. A sa mort, maman fut investie de cette autorité naturelle, en quelque sorte.

J'en ai subi les conséquences, maman ayant abusé plus d'une fois de cet héritage usurpé.

Je me souviens de ce jour où elle venait de rentrer d'Algérie. Le soir même de son arrivée à Noisy, le tisonnier a valsé, tout ça pour une bouteille d'huile mal rangée ! J'avais ouvert le placard de l'escalier. La bouteille, en équilibre, s'était écrasée, laissant le gras se répandre un peu partout. Mes claquettes en bois ont glissé, j'ai dévalé les marches sur le dos avant que ma mère m'enfonce à plusieurs reprises le tisonnier dans les vertèbres, sous les cris de ma tante.

— Laisse-la, Dalila, c'est ma faute, c'est moi qui ai mal rangé !

Avec Amar, ma mère ne se serait jamais permis autant d'agressivité. D'ailleurs, personne ne se serait permis de braver l'autorité naturelle de mon frère disparu.

Plus tard, lorsque l'âge et la fatigue eurent raison de ses articulations, ma mère remit le flambeau à Madjid, le moins courageux de la famille, celui avec lequel je n'ai jamais eu d'atomes crochus. Elle savait à qui elle s'adressait. Madjid était aussi fourbe que cruel !

— Tu es un homme, mon fils, moi je ne peux plus commander !

Que maman me maltraite, passe encore... J'ai toujours respecté mes parents. Mais un de mes frères, il n'en était pas question. Le jour où Madjid a voulu mettre un peu d'ordre dans la maison, j'avais dix-huit ans, lui quatorze ! La hargne se lisait sur son visage. Le bonheur aussi. Celui d'avoir reçu des mains de ma mère le droit de m'humilier.

— Je vais te casser la gueule !

Amar, qui avait tout entendu, s'est interposé entre nous. Les deux garçons se sont battus. Madjid a gardé de cette altercation des traces au visage. Il n'a pas osé en rajouter lorsque son demi-frère l'a relevé par le col de sa chemise.

— Maintenant, chaque fois que tu regarderas ta sale gueule, tu te souviendras que ta sœur est plus âgée que toi !

Cependant, Amar a toujours été loin de se douter de ce que je subissais réellement. Peut-être aussi n'a-t-il pas voulu voir.

J'ai demandé pardon à ma mère de ne pas avoir pris la place de son fils le jour de sa mort. J'ai demandé pardon à maman d'être encore vivante.

— Je sais à quel point tu l'aimais. Pour toi, il était un ange.

Et moi, je ne suis qu'une diablesse.

*
* *

Ce décès m'a amputée d'une partie de moi-même. A nous deux, nous formions les Aït-Abbas contre le clan des Merigue. Bien que nous n'ayons jamais déclaré la guerre à nos demi-frères et sœurs, ce lien particulier qui nous unissait s'est rompu. Je suis désormais la seule survivante d'une lignée.

Pendant des nuits je n'ai pas dormi. J'en aurais pourtant bien eu besoin car je n'ai cessé d'aider maman à recevoir les condoléances de chacun. C'est une tradition chez nous. Il faut nourrir ceux qui viennent « pleurer » le défunt. J'ai fait du café, je leur ai offert de quoi se sustenter. Du matin au soir, les bras chargés de plats, j'ai préparé, servi, débarrassé.

Afin que Maggy, sa fiancée, puisse venir se recueillir sur la tombe de mon frère et contrairement à ses convictions — les morts doivent retourner vers la terre à laquelle ils appartiennent —, ma mère a accepté que le corps de son fils soit rapatrié en France, au cimetière franco-musulman de Bobigny.

Le jour de l'enterrement, je tenais à peine debout. Au moment où je me suis approchée du cercueil, au moment même où la dépouille de mon frère disparaissait dans la terre, une rose s'est détachée de la couronne mortuaire pour tomber à mes pieds, j'étais la seule à l'avoir vue. Je me suis agenouillée. Je l'ai prise et serrée dans ma main.

Cela fait vingt-deux ans qu'Amar m'a quittée. La rose, dont les pétales ont séché, est toujours à mes côtés, dans une petite boîte au couvercle transparent. Elle m'a suivie dans tous mes déménagements. Je sais que cette fleur ne m'a pas été envoyée par hasard. « Amar, où que tu sois, sache que j'ai compris le sens de ton message, je t'aime et ne t'oublie pas. J'ai gardé ta photo, celle où l'on te voit dans ta combinaison de plongée. Le soleil fait plisser tes paupières. Maman avait raison, c'est vrai que tu es beau. »

Les mois suivants ne m'apportent pas l'apaisement que j'attendais. Le manque est si pénible que je suis incapable de m'occuper de ma fille. Pierre se consacre à Natacha pendant que je passe des journées entières à pleurer dans ma chambre et à écouter des chansons tristes, qui ne font que redoubler mes larmes. Je ne mange plus, ne tenant que par les nerfs.

Curieusement, à chaque moment terrifiant de ma vie, j'ai constaté que mon effondrement laissait place à une sorte de rémission, grâce à cette petite flamme que je sentais toujours vibrer en moi. Là, mon frère vient de mourir. La petite flamme me souffle que, malgré mon chagrin, je dois rebondir.

La faculté de Saint-Denis m'ouvre un nouvel horizon : je reprends mes études. De ce fait, en 1983, j'obtiens ma maîtrise de psychologie et psychanalyse infantile. Je me suis tournée spontanément vers les sciences traitant des méandres de l'âme. Inconsciemment, sans tout à fait m'en rendre compte, je cherche des réponses au fondement de mon existence : qui suis-je ? Pourquoi n'ai-je pas eu de père ? Quelles véritables relations est-ce que j'entretiens avec ma mère ? Amour ou haine ?

Cette boulimie de savoir — douze enseignements en un semestre — comble le vide dans lequel m'a laissée mon frère et me permet d'oublier les terribles révélations dans lesquelles m'a plongée sa mort.

Comme une porte qui s'ouvre enfin après avoir été verrouillée pendant des années, le décès d'Amar, en effet, a mis au jour les bouleversements affectifs liés à mon enfance : les crimes de mon père, la perte de ma grand-mère et de ma petite sœur, enfouis au plus profond de mon être. Tous ces drames ont refait surface. Je les avais dissimulés avec tant de soin que leur réapparition provoque un tremblement de terre dans ma vie, mettant à nu la triste vérité : afin de soulager ma mère, que je ne cessais de voir pleurer, j'avais de moi-même balancé mes souffrances aux orties, pour ne pas encombrer. Les voir ressurgir après des années d'absence est un réel traumatisme.

190

Il est temps que je pense enfin à moi et que je rompe cette spirale infernale ! J'ai été spectatrice de ma vie ? Les études me demandent de monter sur scène et d'avoir le courage de reprendre mon propre rôle !

Ayant soif d'aider les autres, je me suis constitué par ailleurs un petit cercle d'amis avec lequel je me suis lancée dans le militantisme. Nos engagements vont du droit à l'avortement à la réforme du code de la famille. En 1981, j'ai eu l'idée de monter un comité de soutien avec quelques-unes des filles de la fac pour dénoncer l'article 39 de ce fameux code de la famille algérien qui, après avoir accordé aux deux sexes la majorité à dix-neuf ans, tourne soudain sa veste. L'Assemblée nationale souhaite faire passer une nouvelle loi mettant désormais les femmes sous la tutelle à vie, soit du père, soit du mari, leur retirant ainsi leurs droits, acquis depuis 1977. La discrimination ne s'arrête pas là. Il est stipulé que les femmes, en cas de divorce, perdront systématiquement la garde de leurs enfants.

Tollé général dans les rues d'Alger !

Les manifestations contre ce projet de loi sexiste provoquent un rassemblement massif des femmes du pays qui veulent démontrer ainsi qu'elles sont loin d'être soumises...

Avec mon comité de soutien, j'alerte les médias. Nous passons à la télévision, nous allons en parler dans les autres facultés. Je suis outrée de constater que les dirigeants de mon pays d'origine, dont je suis fière, se comportent de manière abusive et arbitraire.

Craignant des émeutes, le gouvernement fait en sorte de calmer les esprits, pour finalement obtenir gain de cause en avril 1984, année où sera mis en vigueur le projet de loi, dont pas une seule ligne n'a été modifiée depuis.

Même si notre combat n'a pas changé le cours des choses, il a au moins eu le mérite d'exister et de faire connaître les réalités de la société algérienne qui n'a pas compris que, mis sur un pied d'égalité, hommes et femmes réunis font des miracles. Séparés, ils n'engendrent que la régression.

Mes engagements ne sont pas exclusivement réservés à « mes racines ». Je les dédie également à ma terre natale : la France. En 1982, je suis fière de participer, avec Simone de Beauvoir notamment, à l'inauguration du Centre Flora-Tristan, structure d'accueil destinée aux femmes battues. Leur détresse ne m'est pas étrangère, loin de là... A chaque histoire qu'elles me racontent, c'est un peu de ma vie que je retrouve. Je suis sensible à chacun de leurs regards, derrière lequel je perçois le désarroi, leur parcours étant souvent plus dramatique que le mien.

Je n'ai jamais oublié cette femme de vingt-huit ans, si fragile, si menue que je l'ai d'abord prise pour une adolescente. Mariée à un tyran, elle était l'otage de cet homme qui l'enfermait dans l'appartement, avec son bébé, sans jamais les libérer. Il a fallu les râles du nourrisson pour qu'un voisin intervienne. La mère ne pesait plus que trente-trois kilos. Quant à l'enfant, il fut sauvé... d'extrême justesse.

Dorénavant, toute mon énergie va vers les plus

nécessiteux. Je me dépense sans compter, offrant mon temps, que ce soit pour manifester aux côtés de ceux dont la liberté d'expression est bafouée ou pour servir de la soupe à ceux qui ont faim.

A ce titre, « La Chorba pour tous » reste une de mes plus belles expériences sur le plan humain. Cette association, fondée en 1992, exerce encore ses talents aujourd'hui. J'ai eu vent du projet par l'intermédiaire du centre culturel algérien, situé rue de la Coix-Nivert, que je fréquente assidûment à cette époque. Le fondateur de « La Chorba » est venu défendre ce jour-là son idée : réunir le plus de bénévoles possible pour la préparation d'une soupe orientale traditionnelle — la chorba — qui serait ensuite offerte pendant toute la période du ramadan aux musulmans les plus démunis. Je suis enthousiaste. Enfin un dessein concret en faveur de notre communauté !

Devant l'ampleur de la demande, « La Chorba » a ouvert les portes de son chapiteau de la rue de Flandres aux autres affamés, de quelque religion qu'ils soient. Le bouche à oreille ayant fonctionné, des enfants viennent à présent, armés de gamelles que nous remplissons à ras bord de cette délicieuse soupe composée d'oignons, de mouton et de pois chiches. Les parents « français », ayant honte de montrer leur misère, préfèrent envoyer leur progéniture ! Puis arrivent les clochards, les exclus de toutes sortes, les laissés-pour-compte, reçus chaleureusement par nos équipes car eux aussi sont les bienvenus.

*

* *

Mon implication est telle que je délaisse rapidement mon foyer. Pierre, jusque-là indulgent, sent que je lui échappe. Ivre de colère, il me lance un soir :

— Jamila, tu dois choisir. Ou tu t'investis pour nous ou tu t'investis pour les autres. Si c'est pour les autres, tu prends ta valise et tu fous le camp !

Pour un ancien militant d'extrême gauche qui me demandait, il n'y a pas si longtemps encore, alors que j'étais enceinte, de coller des affiches avec lui en pleine nuit, quelle mauvaise foi ! J'ai horreur des menaces, mon mari devrait le savoir. Enfant, j'ai vécu sous leur dictature. Ce n'est pas pour remettre le couvert et servir un tyran. Pierre m'a demandé de choisir ? Je choisis !

Le lendemain, je pars m'installer chez un couple d'amis qui a accepté de nous héberger, Natacha et moi. J'aurais pu aller chez ma mère, à Noisy. Mais il y a toujours eu des cris à la maison, je ne veux pas que ma fille soit traumatisée par l'ambiance électrique qui y règne. Je suis bien mieux chez Rosa et Kader.

Je n'ai pas informé Pierre de ce départ, il aura la surprise ce soir en rentrant. J'ai déménagé nos affaires alors qu'il était au travail.

Il ne lui faut que peu de temps pour nous localiser. Mon mari se rend compte à quel point il s'est montré stupide. Je me rends compte à quel point j'ai été ridicule... Au bout de trois mois de séparation, je réintègre le domicile conjugal. Pierre me manque. Et puis, je commence à en avoir assez de me lever à l'aube le dimanche matin pour emmener Natacha jouer dans le parc le plus proche. Mes amis, qui n'ont pas encore d'enfant, ne supportent pas le bruit. Nos décalages horaires permanents finiraient par nous lasser mutuellement.

Notre vie de couple reprend tant bien que mal, tel un bout de tissu rapiécé. La couture n'étant pas solide, la trame de notre amour ne tarde pas à s'effilocher. Nous n'étions sans doute pas faits l'un pour l'autre... Lui recherchait une certaine stabilité que je ne pouvais lui apporter. Moi, les ouragans qu'il ne sait provoquer. Notre couple sent le roussi. La rupture définitive approche à grands pas. Nous avons fait notre possible pour la retarder. Sans succès.

*
* *

Nous voici au début de l'été. Nous recevons Michel, un ami de Pierre, à dîner à la maison. Sans grand enthousiasme de ma part, il faut bien le dire. J'ai toujours détesté ce type. Cela fait des années que je subis en silence sa muflerie. Michel, grand séducteur, aimerait que je fasse partie de son tableau de chasse. Ses réflexions déplacées sont même parvenues jusqu'aux oreilles de mon frère Rafik qui n'a jamais aimé que l'on me manque de respect. Un jour qu'il demandait à un copain de lui prêter sa mobylette, ce dernier lui ayant répondu sèchement « Je te prête ma mobylette si tu me prêtes ta sœur ! » il lui avait balancé à la figure une planche pleine de clous !

Mon frère n'a donc pas davantage apprécié qu'un autre homme que mon mari ait des vues sur moi, et le fasse savoir qui plus est.

195

— Alors, il paraît que ton fantasme, c'est de coucher avec ma sœur ? Je vais te faire passer par la fenêtre !

Puis, s'adressant à Pierre :

— Tu le laisses parler comme ça à ma sœur ? Tu n'es pas un homme, toi !

— Tu vois bien qu'il délire...

Pierre venait d'éviter de justesse le pugilat...

Mon bourguignon mijote depuis une heure. Michel est arrivé, mais pas seul comme je m'y attendais. La moindre des choses aurait été de prévenir... La jeune Allemande qui l'accompagne, fort charmante au demeurant, ne parle pas un mot de français et s'exprime en anglais. Le repas est assommant, je ne peux cacher mon ennui. Michel, qui adore les situations pimentées, se charge d'animer un peu la soirée. Il se penche vers son amie et lui glisse un mot à l'oreille, suffisamment fort cependant pour que Pierre puisse en profiter.

— Tu peux y aller, darling, il est libre !

Ce que Michel ne sait pas, c'est que je comprends l'anglais et que le véritable sens de cette phrase ne m'a pas échappé. Mon sang ne fait qu'un tour. Ma colère est telle que, dans mon emportement, j'envoie valser ce qui se trouve sur la table.

— Toi et ta schleu, dehors ! C'est la dernière fois que tu viens à la maison, Michel ! Ça fait cinq ans que je n'en peux plus de ta tête de con, je suis hospitalière mais il y a des limites !

Sur le pas de la porte, Michel se retourne vers Pierre et lui lance, d'un air de chien battu :

— Tu as vu comment elle me parle ?

Je m'interpose entre les deux amis.

— Quoi ? Tu es encore là ? J'avais dit « dehors » ! Je vais te montrer ce que c'est qu'une Algérienne en colère !

Je m'empare d'une bouteille d'eau en verre à portée de ma main et je la brandis au-dessus de leurs têtes. Pierre, qui sait de quoi je suis capable — du pire, s'il le faut —, prend peur. Le dîner intime est en train de tourner au règlement de comptes.

Exaspéré par mon comportement qu'il juge outrancier, Pierre, dans un sursaut de virilité, veut montrer qui porte la culotte. Me menaçant du doigt, il hurle :

— Tu ne lui parles pas sur ce ton, compris ?

Parce qu'il croit m'intimider, peut-être ! Il pense que je n'oserai pas provoquer d'esclandre devant son invité ? C'est mal me connaître !

— C'est ton ami ou moi que tu choisis ?

— C'est mon ami !

J'encaisse le mauvais coup sans pour autant me retrouver au tapis. Humiliée par la réponse de mon mari, je m'écrie :

— D'ici la fin de l'année, nous aurons divorcé !

Je le griffe au visage, furieuse qu'il n'ait pas pris ma défense. Mon œil au beurre noir n'est pas mal non plus. Et tout ça juste avant notre départ en Bretagne ! Mes beaux-parents ne pourront pas s'empêcher de nous questionner. Je répondrai, l'air faussement détaché, que je me suis pris une porte dans la figure. Pierre, lui, se sera fait lacérer les joues par un chat. Personne ne sera dupe, mais tout le monde se taira.

J'ai attendu la fin de l'année pour offrir à mon mari ma grenade offensive. Rien au monde ne pourrait maintenant me faire changer d'avis. Il s'agit d'une décision lourde de conséquences, j'en suis consciente. Une décision qui risque d'empiéter sur mon avenir, totalement incertain. Mais à quoi servirait-il de jouer la comédie ? S'il est un défaut que je n'ai pas, c'est bien l'hypocrisie. Je sais me montrer désagréable, hautaine, dure, intransigeante. Mais sournoise et perfide, jamais ! Ma devise pourrait être « tailler dans le vif plutôt que de laisser pourrir ».

— C'est notre dernière nuit, Pierre. A partir de demain, tu ne me toucheras plus de ta vie. Joyeux Noël !

Et je tiens ma promesse, sans verser une larme.

Ma mère m'a portée dans son ventre avant de me trahir puis de m'abandonner. Ce que j'ai accepté d'elle ne s'étend pas au reste de l'humanité. Un homme ne me fera pas pleurer.

Ayant horreur de demander l'aumône, je suis partie sans la moindre pension. Je tiens cela de maman : ma fierté. Natacha et moi nous sommes installées dans un quatre-vingt-deux mètres carrés spacieux et lumineux du XIIIe arrondissement.

Mme Mazerat, une de mes voisines, a pris en charge ma fille. Quatre jours par semaine, elle l'accompagne à l'école et revient la chercher pour la faire goûter en attendant mon retour, souvent tardif. Je me sens coupable de ne pouvoir être présente pour ces petits moments de la vie qui forgent les souvenirs d'un enfant. Prendre Natacha par la main, faire le trajet avec elle jusqu'à l'école, en profiter pour discuter de tout et de rien, la déposer devant la cour, l'embrasser comme moi seule sais le faire... Mes allers-retours entre Paris et Gennevilliers, éreintants, m'en empêchent, mon nouveau travail dans l'industrie pharmaceutique me prenant beaucoup de temps. Je dois faire vivre ma fille, je n'ai pas le choix. Je me repose donc entièrement sur Mme Mazerat qui veille avec dévotion sur Natacha.

Pour le moment, Pierre et moi ne sommes que séparés. Mon mari, complètement déboussolé, pense qu'il s'agit simplement d'une mauvaise passe.

— Tu as raison, une année sabbatique nous fera le plus grand bien ! m'a-t-il lancé au téléphone, persuadé de pouvoir réparer ce qui est cassé.

J'ai accepté la trêve, tout en sachant qu'il n'y aurait pas de réconciliation. Je n'aime plus Pierre.

Notre divorce, prononcé deux ans plus tard, sonnera le glas de notre mariage.

*
* *

— Je ne la laisserai pas partir en Algérie, j'ai besoin d'elle !

Mon projet tombe à l'eau... J'ai pourtant organisé mon retour au pays dans les meilleures conditions possibles. Après trois mois passés sur place pour préparer l'ouverture d'un centre psycho-culturel dont je suis la fondatrice, ma décision est prise. Je veux m'installer à Alger ! Me rendre utile auprès de mes compatriotes... En effet, dans certains quartiers populaires de la capitale, beaucoup d'enfants, vivant dans la promiscuité la plus totale, sont obligés d'attendre dans la rue, jusqu'à des heures indues parfois, que leur chambre à coucher — autrement dit la cuisine ! — ait été débarrassée et pourvue des matelas adéquats pour pouvoir se coucher !

Le centre nourrit deux objectifs : offrir à tous ces jeunes livrés à eux-mêmes un lieu d'écoute et de parole et former des éducateurs qui pourraient transmettre leur savoir aux différents enseignants dans les écoles, encore peu « ouverts » à la pédagogie de l'enfant.

J'ai un travail assuré. Natacha est inscrite à l'école Descartes, une des meilleures de la ville. De plus, un logement agréable nous attend. J'ai besoin de prendre le large, de couper le cordon qui me relie à la France. Pas un seul instant je ne me suis posé la question de savoir qui cela pouvait déranger. Je n'ai pas envisagé l'hypothèse que l'on puisse me mettre des bâtons dans les roues. La réaction de Pierre, son « non » catégorique, ont sur moi l'effet d'une douche glacée. Il est par ailleurs inutile que je compte sur ma fille pour devenir mon alliée. Après avoir passé douze semaines d'affilée chez son père, elle refuse tout simplement de me parler. Depuis mon départ précipité pour l'Algérie, je n'ai pas entendu une seule fois le son de sa voix !

A qui la faute ? A moi. J'en assume l'entière responsabilité, tout en plaidant la bonne foi. Je n'aurais pas dû m'éloigner de Natacha sans lui fournir les véritables raisons de mon voyage, je l'admets. Mais je l'ai fait sans penser à mal, sans me rendre compte des conséquences que cela aurait.

Après notre rupture, Natacha vivait avec moi. Notre séparation soudaine a sans doute été un choc pour elle mais, de nature plutôt timide, notre fille n'a montré aucun signe de souffrance. Tout du moins au début. Quelques mois plus tard, cependant, Natacha a profité d'une de nos sorties pour me faire un esclandre, pleurs et hurlements à l'appui, exorcisant ainsi, je ne l'ai compris que plus tard, sa révolte contre des parents qu'elle aurait aimé voir encore ensemble. Je venais de lui refuser un bonbon dans une boulangerie.

— D'abord, ta maison n'est pas belle, tes chaussures ne sont pas belles, toi non plus tu n'es pas belle ! Je veux partir de cette maison !

N'étant pas habituée à ce genre de réaction hostile de la part de mon enfant, j'ai eu du mal à contenir ma colère face à ce qui ressemblait fort à un acte de rébellion. Sitôt rentrées, je lui ai ordonné d'aller dans sa chambre. Natacha, qui continuait sur sa lancée, se fichait pas mal de ce que je pouvais lui dire. Elle avait décidé qu'elle partirait ! Ahurie, je l'ai vue ouvrir la porte et se diriger vers l'ascenseur d'un pas assuré. Je l'ai rattrapée de justesse, alors qu'elle était sur le point d'appuyer sur le bouton. Elle braillait à s'en décrocher les poumons.

Mon Dieu ! Quelle folie ! Natacha n'avait que quatre ans... et elle voulait déjà me quitter. Complètement déstabilisée, je l'ai enfermée dans le placard de l'entrée. Le temps de retrouver mes esprits. Les

nerfs en pelote, j'ai d'abord fait les cent pas, au bord
de la crise de larmes, avant de m'écrouler de tout
mon poids sur le canapé du salon. Le visage entre
mes mains, j'ai tenté d'étouffer mes pleurs. Je
m'étais séparée de mon mari, mon frère me manquait, ma fille me rejetait... Et voilà que je venais
de l'enfermer dans un placard ! Oh ! Pas à clé, elle
pouvait sortir mais quand même, les miroirs de l'enfance me rattrapaient. Allais-je devenir comme ma
mère ?

Je ne l'ai pas entendue se diriger vers moi.
Penaude, la tête basse, les bras derrière le dos, elle
m'a demandé pardon.

Si je m'étais comportée comme une « adulte » à
ce moment-là, il m'aurait été facile de mettre l'attitude de Natacha sur le compte de son mal-être et de
ne pas en rajouter. Je n'ai pas su.

— Puisque ma maison n'est pas belle, tu vas aller
chez papa !

J'ai appelé Pierre. Je voulais qu'il vienne la chercher. Etait-ce, inconsciemment, une manière de punir
notre fille ? C'était en tout cas le constat de ma
démission. Je savais qu'avec son père, Natacha serait
à l'abri de mes excès.

Mon mari a fait les démarches nécessaires pour
qu'elle puisse être inscrite à l'école la plus proche
de son domicile, métro La Chapelle. Le lendemain,
je suis partie sur un coup de tête en Algérie, pensant y passer quelques jours de vacances. J'y suis
restée plus de trois mois.

Alors bien entendu, revenir avec le projet d'emmener ma fille dans mon pays d'origine pour toujours se révéla du plus mauvais aloi.

J'ai compris le refus de Pierre et, pour ne pas perturber davantage Natacha, nous décidons, d'un commun accord, que notre fille restera avec son père. Je n'accepte pas de gaieté de cœur mais étant donné les circonstances, il est préférable que je m'incline. De toute façon, je ne suis pas encore suffisamment solide dans ma vie sentimentale et professionnelle pour donner à mon enfant un foyer stable et rassurant. Je me sens moi-même si fragile ! Il me faudra six nouvelles années d'« errance » pour enfin trouver la force de récupérer Natacha et de m'en occuper totalement.

Mais le mal est fait, ma fille a vécu mon absence comme une désertion. Elle a même cru que je l'avais abandonnée !

Depuis, elle ne s'est jamais plus « révoltée », craignant que ses débordements ne soient suivis de représailles. Ayant appris à s'autocensurer, elle offre à ceux qui ne la connaissent pas une façade lisse. Qui pourrait se douter que derrière cette apparente bonhomie se cache une rivière agitée par les remous, prête à sortir de son lit ? Longtemps Natacha a dû vivre avec ce sentiment de culpabilité : « C'est ma faute si maman est partie. »

*

* *

A la suite de cet ouragan, pendant deux ans, je me partage entre la France et la Belgique. L'occasion m'a été donnée de m'associer avec une de mes connaissances afin d'alimenter en bois deux sociétés américaines, par l'intermédiaire de sous-traitants algériens. J'ai investi toutes mes économies. C'est quitte ou double. Comme dans tout ce que j'entreprends, je me donne à fond et je ne ménage pas mes efforts, le fait d'être totalement partie prenante dans l'affaire décuplant mon énergie. Mais la conjoncture de l'époque, après le krach d'octobre 1988, se dégrade rapidement. Je sauve de justesse quelques-unes de mes parts et laisse mon associé continuer seul sur sa lancée, ma vie de chef d'entreprise « nomade » touchant à sa fin.

Sans regret !

Je suis fatiguée de voir mon destin rouler à contre-sens. Si je continue ainsi à travailler plus de douze heures par jour, quel homme pourra trouver sa place dans un emploi du temps aussi chargé ? Et Natacha supportera-t-elle longtemps de ne me voir qu'un week-end sur deux ?

Pierre, qui m'a laissé un double de ses clés, accepte que je dorme chez lui de temps en temps. Il a compris à quel point la solitude me pèse. Cette solution de transition me convient parfaitement. Je n'ai pas les inconvénients de la vie à deux et peux voir Natacha, qui m'a tellement manqué, aussi souvent que je le souhaite.

Pour compenser mes absences, je l'abreuve de mots. Je ne cesse de lui faire partager mes pensées. Cela ne comble pas mes carences mais ce qui est dit a au moins le mérite d'exister.

De nous deux, Pierre est celui qui a refait sa vie

le plus vite. Rapidement, à mots couverts, il me réclame un jour son jeu de clés. Son appartement — mon havre de paix — m'est désormais fermé.

XI

— Je vous attends toujours pour le slow !

J'ai trente-quatre ans, lui vingt-huit. Belhadj est marocain. C'est une rencontre banale, dans une discothèque, un soir où je rentre de voyage. La boîte de nuit s'appelle « L'Aventure », je n'ai pas envie de m'amuser. Me coucher tôt ne me tente pas non plus. J'accepte donc l'invitation d'une de mes copines et de ses amies.

Depuis ma séparation avec Pierre, je n'ai eu que des flirts. Disons que, dans ce domaine, je ne suis pas très concentrée sur ma copie. Pourtant, je ne suis pas contre le grand amour, celui dont tous les magazines parlent. Je suis candidate. J'ai même déposé un dossier au guichet des « âmes esseulées ». La réponse ne s'est pas fait attendre. Recalée !

J'ai quelques raisons de ne pas avoir été sélectionnée. Sexuellement, je suis aussi peu éveillée qu'une adolescente attardée. Quant à mon potentiel féminin, il s'obstine à figurer sur la liste des abonnés absents. Ce qui n'a pas empêché certains hommes de m'aimer. Sans aucune réciprocité.

Belhadj ne fait pas exception à la règle. Il tombe amoureux de moi alors que mes sentiments à son égard en sont encore à leurs balbutiements. Assise toute la soirée — je ne veux pas danser — je sais qu'il m'observe. Il m'avouera par la suite le motif de ces œillades incessantes. J'étais, paraît-il, le sosie d'une femme qu'il avait beaucoup aimée.

La nuit touche à sa fin. Je me lève et suis mes copines, dont l'une doit me raccompagner. En passant près de Belhadj, je me penche vers lui et lui glisse, tout en le regardant droit dans les yeux :

— Je vous attends toujours pour le slow !

Pourquoi lui ai-je adressé la parole ? Aucune idée. Tant d'audace de ma part me surprend. Je n'ai pas pour habitude d'aborder ainsi les hommes. J'ai sans doute besoin de provoquer le sort. Comme un billet de loterie que l'on souhaite gagnant et que l'on gratte fébrilement, presque malgré soi.

Belhadj, tout sourire, se lève et me tend sa carte de visite. Je le remercie et disparais rapidement, honteuse de m'être comportée de la sorte. Que va-t-il penser ? Que je suis une fille facile ? S'il savait...

Sur le trottoir, je rejoins le groupe d'amies qui m'attend.

— Vous en faites une tête ! Combien de rendez-vous ce soir ?

Silence général.

— Eh bien moi, rien qu'en faisant tapisserie, j'en ai obtenu un !

Je brandis fièrement les coordonnées de mon admirateur transi en guise de trophée.

L'une des filles émet un sifflement admiratif tout en me détaillant de la tête aux pieds.

— Toi alors, tu nous étonnèras toujours... Félicitations !

Il n'y a pas de quoi... Mon euphorie retombe. Belhadj ne m'intéresse absolument pas.

— Tenez, mes chéries, je vous offre sa carte. Dans le lot, il y en aura bien une de vous qui lui plaira !

Toutes ont refusé, évidemment.

Le lendemain matin, je décide de l'appeler. J'ignore ce qui me pousse vers cet homme plus jeune que moi et dont je ne sais rien. Inconsciemment, je me suis déjà trouvé une bonne excuse pour le déranger à son bureau. Belhadj... Belhadj... Ce nom me dit quelque chose. Ne s'agirait-il pas d'un neveu ou d'un cousin d'un détaillant en bois que j'ai connu en Belgique ?

Trois sonneries. Les mains moites, le cœur en bataille, je préfère rester debout. Cela me permet de maîtriser ma nervosité en me balançant d'une jambe à l'autre.

— Bonjour, je voudrais parler à monsieur Belhadj, s'il vous plaît.

Une voix grave me répond. C'est lui !

En fait, j'espérais secrètement qu'il soit absent. A présent qu'il m'écoute, plus moyen de me défiler. Je ne peux tout de même pas lui raccrocher au nez...

— Vous êtes ?

— Celle qui vous attend toujours pour danser le slow.

Sa joie ne fait aucun doute.

— Je ne pensais pas avoir un coup de fil. S'il vous

plaît, ne m'appelez plus monsieur Belhadj. Belhadj, c'est mon prénom !

Il veut me retenir alors que je n'ai qu'une seule envie : lui échapper. Après tout, cette histoire est complètement ridicule. Dans quoi vais-je m'embarquer ? Une liaison sans lendemain ? Je bredouille une excuse :

— Pardon, je pensais que vous aviez un lien de parenté avec l'une de mes connaissances.

— Attendez, mademoiselle, ne raccrochez pas si vite, nous pourrions peut-être nous revoir ?

— C'est que j'ai rendez-vous chez mon coiffeur. Belhadj a flairé ma peur. Hors de question que je lui échappe cette fois-ci.

— Ah ? Et il se trouve où, votre coiffeur ?

A peine suis-je sortie de la boutique, j'aperçois Belhadj qui m'attend, les reins collés sur la portière de sa Ford Fiesta bleue, un bouquet de roses à la main. Mes défenses lâchent. Quoi de plus romantique qu'un homme qui vous offre des fleurs ?

L'amour n'a rien à voir avec le temps. Je n'ai pas eu le coup de foudre pour cet homme, c'est vrai. Mais mes sentiments pour lui éclatent rapidement, sans que je m'y attende, sans que j'y sois du tout préparée. Je suis d'abord déboussolée par notre relation qui prend un peu plus d'ampleur chaque jour, à une vitesse phénoménale, incontrôlable. Par la suite, je raye de mon vocabulaire le mot « fatalité ». Non, je ne suis pas abonnée au malheur pour le restant de mes jours ! Mon mariage a été un échec. Est-ce une raison pour considérer ma vie sentimentale comme nulle et non avenue ? Au contraire. Désormais, je veux en profiter ! Je suis amoureuse.

Notre entente est tellement forte, tellement évidente que nous décidons, Belhadj et moi, de ne plus nous quitter. Je lui fais une petite place dans mon studio. La tablette de la salle de bains héberge à présent deux brosses à dents, ce qui ne m'est pas arrivé depuis Pierre, la vie à deux n'ayant jamais été mon fort. Avec Belhadj, j'ai envie de renouveler l'expérience. Je me suis assagie, je sais enfin comment mettre de l'eau dans mon vin. Je fais de redoutables efforts pour exprimer mes sentiments, mon point faible jusqu'alors. Je me découvre un peu moins farouche.

Physiquement, Belhadj ne ressemble en rien à Pierre. Trapu, carré, il est plutôt typé. En revanche, leur manière d'être est similaire. Belhadj est un homme délicat, formidable, merveilleux. Combien de fois a-t-il proposé de porter mon sac ! Combien de fois s'est-il montré prévenant sans que j'aie besoin de lui suggérer ses actes ! Avec Belhadj, je croule sous les cadeaux de toutes sortes : des montres, des pulls, des barrettes pour mes cheveux.

Sa présence au quotidien est un réconfort permanent dont je ne me lasse pas.

Et si c'était ça, le vrai bonheur ?

Pourtant, je dois me résigner à fêter mes trente-cinq ans sans mon compagnon, ce dernier ayant fui précipitamment. Je n'ai pas d'autre explication à donner... Disparu mon bel oiseau, envolé ! Un mot posé sur la table, avant de partir, aurait-ce été trop lui demander ? Aussi étrange que cela puisse paraître, je n'éprouve aucun sentiment de colère. Je me dis que Belhadj a eu besoin de prendre un peu de recul. Je ne cherche pas à en savoir plus. Je préfère le silence aux excuses à trois sous qu'il essaierait de me refiler.

Le soir de mon anniversaire, j'adopte le masque de la gaieté, il n'y a pas de raison de gâcher la fête. Tous les invités connaissent ma mésaventure. Un homme profite alors de mon célibat forcé pour me faire des avances. Etant donné les circonstances, je me prête au jeu, avec un certain plaisir, je dois bien le dire. Il me permet d'oublier, pendant un temps, la désinvolture de Belhadj.

Le lendemain de cette fête, je laisse un message sur le répondeur de Belhadj.

— Inutile de chercher après moi. J'ai rencontré quelqu'un d'autre. Quelqu'un qui n'a pas oublié mon anniversaire. Salut !

*
* *

La Ford Fiesta bleue garée devant la porte de mon immeuble attire immédiatement mon attention. Belhadj dort, la tempe collée contre la fenêtre avant. Je me penche, je frappe au carreau, il a dû avoir froid, le col de sa veste est relevé. Ses paupières frémissent légèrement, il cligne des yeux puis me sourit. Je suis heureuse de le voir ressurgir dans ma vie. Son retour est tellement inattendu, tellement inespéré.

Nos lèvres se touchent à travers la glace mais j'ai besoin de sentir son corps contre le mien. Je monte alors dans la voiture et m'assois près de lui, oubliant aussitôt tous mes griefs. Son air d'enfant triste qui vient de faire une bêtise m'attendrit. Je le serre fort. Sa tête posée sur ma poitrine, j'essuie ses larmes et le console.

Dans cet instant d'une grande douceur, sa demande en mariage trouve sa place tout naturellement. Je n'ai pas besoin de réfléchir. Nos retrouvailles parlent d'elles-mêmes.

C'est oui !

Le mariage religieux, en présence de l'imam, est célébré peu de temps après. Mais pour que je puisse porter le nom de mon mari, il faut passer devant le maire. Les bans sont publiés. Au mois de juillet nous serons unis pour le meilleur et pour le pire. Je ne pense qu'au meilleur. Le pire est derrière moi. J'ai des projets plein le cœur. Mon expérience malheureuse avec Pierre m'a mis du plomb dans la cervelle. Je ne recommencerai pas les mêmes erreurs. Ça non...

La maladie en a décidé autrement. Il était écrit que Belhadj ne passerait pas les trente ans. Un coma diabétique l'emporte un soir d'avril, détruisant ainsi toutes mes chances de pouvoir enfin revêtir une belle robe blanche.

Notre histoire d'amour aura duré un peu moins de deux ans.

*
* *

J'ai gardé de cette liaison inachevée un goût

d'amertume. Je ne connaîtrai jamais la fin de notre conte de fées. Les mêmes interrogations ont refait surface, la même culpabilité aussi. Je n'avais pas assez montré à Belhadj que je l'aimais, je ne le lui avais pas assez dit.

Avant notre rencontre, mon cœur — cette machine mal huilée — était abîmé. Belhadj était sur le point de l'avoir entièrement réparé. Sa mort a tout bousillé. Les pièces se sont désarticulées, le moteur s'est grippé, le mécanisme a rouillé.

Plus moyen d'avancer.

J'ai fermé alors les portes de mon corps à tous les hommes qui ont voulu y faire intrusion. J'ai vécu en vraie célibataire, sans aucune relation, qu'elle soit sentimentale ou sexuelle.

C'était sans importance, je n'en avais pas envie. Car pendant mon deuil — qui a duré onze ans — j'ai fait une rencontre qui allait changer le cours de mon existence.

XII

Coupée de tout, je ne parle à personne, ne quittant quasiment plus mon appartement. Natacha est toujours chez son père, ma santé précaire ne me permettant pas de reprendre ma fille, pas pour le moment. Mes kilos superflus ont largement disparu, j'en ai perdu trente ! La mort de Belhadj provoque les mêmes ravages que la noyade d'Amar : perte d'appétit, nerfs en boule, sommeil perturbé, humeur désastreuse, pleurs à longueur de journée.

A cette époque, Jean-François, mon voisin de palier, n'ose plus m'aborder. Je lui fais peur depuis que je l'ai sommé de me rendre mon répondeur, celui que j'avais prêté à l'ancien locataire, un Algérien parti à Nice en oubliant de me restituer mon bien. Evidemment, Jean-François ne comprenait pas de quoi il s'agissait. Il semblait apeuré, ma silhouette de fantôme n'ayant rien de rassurant.

— Comment voulez-vous que je vous rende ce que je n'ai pas ?

La discussion s'est envenimée, chacun restant sur ses positions. Nos rapports étaient loin d'avoir commencé sous les meilleurs auspices. Furieuse de m'être fait rouler, même si mon voisin n'y était pour rien, j'ai claqué ma porte si fort que le miroir de l'entrée s'est décroché.

Malgré cette discussion houleuse, Jean-François aimerait bien me revoir. Au moins pour me faire part de ce qu'il vient d'apprendre. Il retarde pourtant le moment fatidique, craignant que je ne le prenne pour un fou.

Il y a de quoi. Jugez plutôt...

Ayant perdu son portefeuille, Jean-François s'est tout d'abord empressé de téléphoner à sa mère pour lui raconter sa mésaventure. Cette dernière lui a alors conseillé d'appeler Mme Folio, une sorte de voyante qu'elle connaît bien et en qui elle a toute confiance. Il paraît que ses dons d'extralucide étaient réellement impressionnants. Mais qu'est-ce que cette femme venait faire dans cette histoire ?

La mère de Jean-François s'est montrée tellement persuasive que son fils s'est laissé convaincre, acceptant, amusé, de se prêter au jeu.

Effectivement, Mme Folio a bien indiqué où se trouvait son portefeuille.

Mais il y a plus extravagant. La voyante a parlé de moi à Jean-François.

— Je viens de recevoir un message de là-haut. Pour ta voisine de palier !

Dieu aurait donc profité de cette consultation pour interférer les ondes de Mme Folio afin de me contacter ? Franchement étrange. Pour ne pas dire loufoque !

Après une longue période d'hésitation, Jean-François, catholique pratiquant, se décide tout de même à venir me voir. Tant pis si je lui ris au nez. Sa visite

me surprend quelque peu. Je me suis montrée tellement revêche la dernière fois qu'on s'est vus !

J'ai mauvais caractère mais je ne suis pas rancu-
nière. Je l'invite donc à me raconter son histoire.

— Jamila, il vaudrait mieux que tu t'assoies...

Lorsqu'il me fait son récit, je pense d'abord que
ce type n'a plus toute sa tête. Ensuite, je me demande
s'il ne s'agit pas d'une plaisanterie. Peut-être la
caméra cachée ? Je suis au bord du fou rire, parta-
gée entre la gêne et l'incrédulité. Jean-François,
vexé, montre des signes d'impatience tandis que je
me mords les lèvres afin de garder mon sérieux.

— Appelle toi-même la voyante, si tu ne me crois
pas !

Je hausse les épaules. Cependant, je suis moins
sceptique qu'il n'y paraît. Ça ne coûte rien d'essayer... Curieuse de nature, souple d'esprit, je vénère
un Dieu multiple, entre mes attirances d'enfant pour
les églises et la religion musulmane de ma famille.
Mais de là à penser que l'Eternel veut me faire
signe... De toute façon, si Mme Folio est dingue, je
m'en rendrai compte tout de suite. Je suis sacrément
tentée. Après tout, qu'est-ce que je risque, si ce n'est
perdre un peu de mon temps...

Je l'appelle, sous les yeux ébahis de Jean-François, lequel ne s'attendait certainement pas à ce que
je réagisse au quart de tour. Sa voix, haut perchée,
ne dénote aucun signe de démence. J'écoute avec
attention ce que cette femme a à me dire.

— Je vois beaucoup de lumière autour de vous,
vous reprendrez bientôt votre fille, vous déménage-

rez rapidement, dans les jours qui viennent. Le Christ vous attend. Allez vers lui.

On est toujours enclin à donner raison à celui qui vous dit ce que vous vouliez lui entendre dire. Je suis effectivement à la recherche d'un autre appartement, depuis un certain temps déjà. Dix jours après ma « consultation » téléphonique, j'obtiens un deux-pièces rue Doudeauville, dans le XVIIIe arrondissement. Il y avait pourtant deux personnes devant moi... Mme Folio aurait-elle vu juste ?

Mais Dieu, dans tout cela, que vient-il faire ?

D'abord, je n'ai aucune idée de ce qu'est le catholicisme, à part les églises qui m'ont toujours attirée. Il me semble pourtant avoir approché de près cette religion, en Normandie, lorsque j'étais enfant. Ma mère, en effet, avait pris l'habitude de m'envoyer tous les ans en vacances par l'intermédiaire du Secours catholique. Pendant deux mois, je vivais alors dans une autre famille, souvent la même, afin de créer des liens. Le couple qui m'accueillait était très pieux. Bien qu'ils n'aient jamais pris le temps de m'expliquer en quoi consistait leur croyance, je devais les accompagner chaque dimanche matin à la messe. Je m'y rendais de bonne grâce, espérant pouvoir enfin goûter moi aussi à la friandise que le prêtre déposait dans la bouche des fidèles. Me sachant d'une autre confession que la leur, M. et Mme Menisdrey, au moment de la communion, me retenaient afin que je ne vienne pas perturber l'office par ma présence au sein des paroissiens qui, les uns derrière les autres, attendaient patiemment leur tour.

Echappant à leur vigilance, j'y eus pourtant droit une fois ! Le prêtre, qui avait demandé à tous les enfants de se présenter devant lui, n'a pas réalisé que je m'étais glissée subrepticement dans la file. Une seconde d'inattention et c'était trop tard ! J'avais volé une friandise, sous les yeux courroucés du curé qui ne m'a plus jamais adressé la parole par la suite. Car je venais de commettre un sacrilège.

Après la messe, on faisait un détour par la boulangerie avant de retrouver, chez M. et Mme Menisdrey, « la Dame » — c'est ainsi que je l'appelais — aux pieds de laquelle le couple déposait un gâteau à la crème, censé représenter « la part du pauvre ». Accrochée en hauteur, cette petite statue de la Sainte Vierge me paraissait inaccessible. Comme j'aurais aimé pouvoir la toucher ! Comme elle était belle ! Je passais des heures entières à la contempler. L'homme chez qui j'étais logée m'avait gentiment dit qu'en cas de problème, je pourrais toujours lui demander son aide.

— Fais un vœu, il sera exaucé. Marie viendra vers toi.

Marie ? C'était donc le nom de « la Dame » ?

M. Menisdrey avait raison. J'eus un jour l'occasion de m'en rendre compte.

Alors que j'avais dix ans, mon beau-père avait frappé ma mère toute la nuit. J'ai toujours eu le sommeil léger. Les cris et les pleurs m'ont réveillée. Paniquée, je suis descendue. Postée derrière la porte de leur chambre, je n'ai pas osé entrer. Tard dans la nuit, je suis repartie me coucher sans que leur querelle ait vraiment cessé. J'avais le cœur gros, je ne voulais pas que l'on fasse de mal à ma mère. Elle en avait assez eu comme ça.

Le lendemain, les yeux gonflés de chagrin, je me suis levée encore plus tôt que d'habitude. Il y avait du bruit en bas, un bruit inhabituel, une sorte d'agitation, des chuchotements, des pas dans l'escalier, des chaises que l'on déplaçait.

Sautant de mon lit à toute vitesse, pieds nus, j'ai dévalé l'escalier comme une enragée. J'allais si vite... Il a fallu que je me tienne à la rampe pour ne pas déraper. Les silhouettes de Belkacem et Amachi ont soudain fait barrage. Je n'ai pas pu faire un pas dans la cuisine. Agrippée à eux, je me suis pourtant contorsionnée ! L'espace d'une seconde à peine, j'ai aperçu maman, allongée de tout son long sur le carrelage. J'ai voulu crier. La main de mon oncle m'en a empêchée.

Pour la première et dernière fois, j'ai donné des coups de pieds à Salem.

— Si ma mère meurt, je te tue !

Mais l'école n'attend pas. Je devais partir. Belkacem m'a demandé d'aller m'habiller sans faire de bruit. Tout en remontant dans ma chambre, je me répétais : « Est-ce qu'elle va mourir ? » J'ai alors repensé à « la Dame ». J'ai fermé les yeux et je l'ai priée, de toutes mes forces je l'ai priée.

Cartable au dos, je suis partie la tête basse et le ventre vide, après qu'Amachi m'eut donné ses dernières instructions. C'est ce jour-là que, les yeux menaçants, il m'a assené cette fameuse phrase :

— Si tu racontes ce qui se passe à la maison, je t'écrase avec les quatre roues de ma voiture !

Mon oncle ne m'a pas soulevée de terre pour me prendre dans ses bras, mon oncle n'a pas eu un geste pour me consoler. Mais il m'a menacée, ça oui il m'a menacée. Maman risquait d'y laisser sa peau. J'en étais malade. Fallait-il absolument qu'Amachi en rajoute ?

Condamnée au silence, je n'ai pas prononcé une parole de la journée. J'ai passé ma matinée à pleurer sans que la maîtresse ni mes copines puissent obtenir un mot de moi. Aussi muette qu'une carpe, je me sentais en danger.

Par miracle, « la Dame » m'a entendue. Maman était encore vivante lorsque je suis rentrée à la maison.

Soulagée, je me suis précipitée dans ma chambre et me suis agenouillée pour la remercier. Les doigts croisés, la tête basse, je lui ai fait une promesse. Celle qu'un jour nous nous retrouverions.

Depuis, j'ai réalisé que Marie m'avait protégée toute ma vie, puisqu'elle avait orchestré ma rencontre avec M. Fournaise. En effet, les locaux du Secours catholique étaient situés tout près de la chapelle de la rue du Bac, à l'endroit même où des gens du monde entier viennent se recueillir. Jusque dans l'islam, Marie trouve sa place sous le nom de Lalla Myriam.

Elle est ma seconde mère et demeure dans mon cœur à tout jamais.

*
* *

J'ai pourtant fini par mettre aux oubliettes

Mme Folio et ses révélations plutôt cocasses. Jean-François, avec qui je n'en ai pas reparlé depuis, me propose un soir de l'accompagner à un spectacle. Nous sommes au mois de février, un mois triste et froid, je n'ai rien prévu de particulier, pourquoi pas. S'il m'avait dit qu'il s'agissait en fait d'assister à la cérémonie des Cendres, célébrée en l'église Saint-Leu-Saint-Gilles, je ne m'y serais probablement pas rendue. Mais là, il est trop tard pour reculer. Je viens de poser un pied dans ce sanctuaire, parmi les fidèles, réunis pour fêter tous ensemble le début du carême, ces quarante jours de pénitence en hommage au sacrifice de Jésus-Christ.

Le prêtre, à l'occasion de cette cérémonie très particulière, bénit le front de chacun à l'aide de cendres, transmettant ainsi un message d'humilité : notre corps disparaît mais notre âme demeure.

Je me suis assise au fond, plutôt indifférente à ce rite. Et soudain, au cœur de la nef, mon regard croise celui d'un Christ géant, suspendu à sa croix. Cette sculpture imposante — plus de deux mètres de haut — me fait un effet inimaginable. Je n'entends plus rien des paroles du prêtre. Comme dans un rêve, je me sens flotter dans un brouillard épais. Les yeux fixés sur la croix, je m'interroge : « Pourquoi cet homme est-il cloué ? Pourquoi un seul clou pour deux pieds ? Pourquoi l'a-t-on fait souffrir ainsi ? »

Ce que je vais maintenant écrire peut paraître absurde, irréel, fou, incroyable, inimaginable. Dément. C'est pourtant la vérité : je suis tellement absorbée par l'image du Christ que je lui parle. Dans mon esprit, il n'y a plus que nous deux, en tête à tête.

— Mon pauvre, tu as dû avoir tellement mal !

Et là, après cette phrase presque irrespectueuse, il se passe quelque chose de terrible. Une douleur intense me coupe littéralement le souffle. Mon buste se déchire. Je suffoque, j'étouffe, je ne peux plus respirer. Je suis prête à m'écrouler, terrassée par une crise cardiaque ! Jean-François, que j'ai attrapé par le bras, m'a affirmé par la suite que Dieu venait de poser son cœur contre le mien.

Cette anecdote prêtera à sourire. Qu'importent les moqueries ! Je l'ai vécue dans ma chair, ma parole me suffit. Tous les prêtres que j'ai rencontrés ont confirmé les dires de mon voisin. Sans aller jusque-là, je peux affirmer sans honte avoir reçu un signe divin.

Quelques mois après le décès de Belhadj, j'ai basculé dans le monde des chrétiens.

Me sentant « appelée », je dois aller jusqu'au bout de cette démarche. Mon inscription au catéchuménat me permet de donner forme à cette quête spirituelle que je sens naître en moi mais qui m'est encore quelque peu étrangère. Durant ces deux années, j'apprends qui est Jésus, quel est son message, ce qu'il représente pour l'humanité, les rites, la liturgie, la hiérarchie dans le catholicisme. Je fonde de grands espoirs en Dieu, j'attends qu'Il me transforme, qu'Il me libère de mes chaînes, qu'Il fasse de moi une nouvelle Jamila. En retour, je suis prête à me consacrer entièrement à Lui.

Ma mère, à qui j'ai toujours tout raconté, ne m'a pas rejetée.

— N'adore ni les statues ni les images, c'est péché !

C'est la seule mise en garde qu'elle s'est permis de formuler.

Pendant huit ans, de 1990 à 1998, je ne vais fréquenter que des catholiques. Ensemble, nous formons une véritable communauté dont les bases sont celles de la dévotion et de la tolérance. Nous sommes les détenteurs d'un message divin. A nous de le diffuser le plus largement possible ! Nous partons en pèlerinage à maintes reprises, ces voyages nous donnant l'occasion de rencontrer des jeunes du monde entier. Je côtoie des Danois, des Belges, des Américains, des Italiens, des Grecs, des Japonais avec lesquels il est curieusement facile de communiquer car nous parlons la même langue : celle de l'amour et du partage.

*
* *

Si l'on m'avait dit qu'un jour je lirais la Bible !

Venant d'un monde où le Coran régente la vie de tous les jours, je me suis donné très tôt la possibilité d'intégrer la grande famille des musulmans. A onze ans, alors que personne ne m'y obligeait, j'ai décidé de faire le ramadan et de pratiquer ainsi l'abstinence.

Du lever au coucher du soleil, je n'avais le droit ni de boire, ni de manger. Pour les adultes, les interdictions s'étendaient à bien d'autres domaines. Ne pas fumer, ne pas s'embrasser, ne pas se maquiller faisait partie, notamment, du rite de la purification. C'est ainsi que je me suis retrouvée à prendre mon goûter — pain et saucisson kasher — bien après les autres. Les institutrices qui faisaient l'étude se sont étonnées de me voir mastiquer en classe alors que mes camarades avaient déjà le nez sur leurs cahiers.

— Jamila, tu sais que le goûter se prend dans la cour, n'est-ce pas ?

— Mais, madame, c'est ma religion qui veut ça !

Mes parents, convoqués, ont confirmé qu'ils n'y étaient pour rien.

Jamais ils ne m'auraient poussée à le faire si je ne les avais pas suppliés. Cet argument, pourtant vrai, n'a pas convaincu les institutrices, choquées par cette grande première à l'école. Elles ne pouvaient pourtant pas m'exclure de l'établissement, j'ai donc fait perdurer la tradition. Chaque année, désormais, j'étais celle qui, pendant un mois par an, ne mangeait que le soir, en compagnie des « grands », réunis autour de ce qu'il y avait de meilleur. Pour moi, ces repas étaient dignes de ceux d'un roi ! Pour me récompenser et m'encourager à persister dans cette voie, je me souviens que maman m'avait offert une paire de bottines blanches à lacets.

A part ce rite de purification, trois grands principes m'ont été inculqués, sans véritable démarche spirituelle : je ne devais pas manger de porc, je ne devais pas regarder les garçons, je ne devais pas faire d'études.

Ne pas manger de porc m'était bien égal, ne pas regarder les garçons ne m'a pas franchement rendu service. Quant aux études, c'est le plus grand de mes regrets. Si ma mère ne m'avait pas dirigée vers une voie de garage, j'aurais pu devenir chercheuse ou professeur d'histoire-géographie. Dotée d'une excellente mémoire, j'ai toujours été gourmande de savoir. Mon oncle Amachi l'avait bien compris, lui qui m'avait dit :

— Ne ressemble pas à ta mère ou à tes tantes, ce sont des ânesses !

Ce que l'islam m'a enlevé, le catholicisme me l'a rendu. C'est pour cette raison que je me suis tournée vers cette religion, comme un tournesol qui n'offre ses pétales qu'aux regards du soleil. Bien entendu, changer ainsi de voie n'a pas été sans tourment. J'ai douté, j'ai même eu honte. Avais-je trahi les miens ? En lisant la Bible, j'ai rapidement obtenu la réponse à ma question. « Dieu a plusieurs demeures. » J'étais donc libre d'« habiter » où je voulais !

L'islam, qui me paraissait ne dispenser que des interdits, ne correspondait plus à ma philosophie de la vie. Pour ma mère, l'important était de paraître aux yeux de ses voisins. L'honneur, toujours l'honneur ! Lui seul dictait sa conduite. J'ai vu où cela m'a menée. Avec le christianisme, j'ai découvert la tolérance et le droit à l'erreur. J'ai découvert une religion exempte de brimades. Je me sentais légère, prête à monter au Ciel si telle avait été la volonté du Christ. La mort n'était plus une punition. Je savais que je n'irais pas en enfer, Dieu ne pouvant laisser ses enfants souffrir éternellement. Si au moment de quitter la terre, les hommes récusent encore son existence, cela veut dire qu'ils ont accepté de vivre dans l'obscurité. C'est cela pour moi l'enfer : l'absence de Dieu.

Pendant dix ans, au côté de Jésus, je me suis livrée corps et âme à ma nouvelle conquête : celle de la joie d'être, tout simplement.

*
* *

Je vis dans la chasteté la plus totale, sans homme pour m'épauler. Je n'en souffre pas, le Christ me suffit. Ma foi est tellement intense qu'elle emplit ma vie. Toutes les occasions sont bonnes pour me recueillir.

Je travaille dans une société dont le patron, Xavier, avec lequel j'entretiens d'excellentes relations, traverse des moments difficiles, sa mère étant très malade et sa femme ayant entamé des démarches pour un divorce. Xavier ne m'a rien demandé mais j'ai beaucoup prié pour lui. Sa mère a guéri, sa femme est restée...

Il n'y a pas de mots assez forts pour décrire cette période de ma vie. Heureuse, merveilleuse, incroyable... J'ai récupéré Natacha avec laquelle je vis dans mon deux-pièces de la rue Doudeauville. Après des années d'errance, je me sens enfin chez moi, chez nous. Totalement disponible, je tente de rattraper le temps perdu.

Je dorlote ma fille, nous dormons ensemble toutes les nuits, dans le même lit. Je ne l'ai pas vue grandir, pour moi, elle est encore mon bébé. Mon poussin...

Je rencontre une multitude de gens, des croyants avec lesquels je partage la même ferveur. Je sors, je suis invitée partout. Le bonheur m'ayant rattrapée, je cours plus vite que lui, de peur qu'il ne me dépasse. Je ris de tout, me contentant de peu. Totalement transformée, rayonnante, je diffuse la bonne parole autour de moi. Je vis dans une sorte de plénitude totale, de béatitude absolue. J'ai fait la paix avec moi-même.

Les gens que je côtoie pensent que Dieu m'a choisie. Me sentant investie d'un don particulier — celui de soulager —, je prie avec plaisir pour tous ceux qui en ont besoin. Il m'arrive de recevoir des appels désespérés dans la nuit, chacun me croyant dotée d'une sorte de pouvoir divin. On me demande des conseils, on me donne des lettres que je vais porter aux pieds de Marie. Pendant trente-six semaines, tous les premiers week-ends de chaque mois, je me suis rendue en pèlerinage en Italie, à San Damiano. J'ai une véritable vénération pour Marie, elle qui m'a guidée vers son fils. Grâce à sa présence, je peux pardonner à ceux qui m'ont fait du mal, je peux aimer sans rien attendre en retour.

Les personnes qui me « consultent » le font en désespoir de cause, la plupart d'entre elles étant malades. Je ne suis pas épargnée moi-même car la religion ne protège pas de tout. Mais je sais que mes souffrances physiques n'arrivent pas par hasard. J'ai appris que cette traversée du désert avait une réelle signification. Le père Robert, mon père spirituel officiant au Sacré-Cœur, m'a dit :

— Jamila, tu auras beaucoup de maladies. Celles que les autres ne peuvent pas porter.

XIII

— Je veux que tu viennes le voir !

— Mais il est mort, maman !

— Et alors ?

Roger est décédé à la suite d'un cancer. Ma mère, toujours aussi étrange par moments, m'oblige à lui rendre un dernier hommage. Vêtu d'un costume foncé, gris comme un mur, le cadavre de mon grand frère me donne le vertige...

Je ne me rends pas compte immédiatement de l'impact de cette vision d'horreur sur ma santé. Je ne le comprends que lorsque mon corps se plaint. C'est d'abord une grippe foudroyante qui me laisse pantelante. Ensuite, les événements vont s'enchaîner à une allure vertigineuse, me faisant perdre le contrôle du cours de ma vie. Ma famille, à laquelle j'avais pourtant réussi à me soustraire, est une fois de plus la source de tous mes ennuis. Prise de vitesse par mes vieux démons, j'ai replongé.

*
* *

Il paraît que je souffre de tuberculose. La pneumologue qui m'examine est formelle. Depuis quelque temps, je me sens un peu faible, rien de plus. J'en touche un mot à Xavier, mon patron de l'époque, lequel me conseille de prendre rendez-vous avec le médecin du travail, une femme. Je sympathise immédiatement avec le Dr Augustin. Décelant mon angoisse, celle-ci cherche à me rassurer en me parlant le plus simplement du monde. Non, je ne vais pas mourir ! Après m'avoir soigneusement auscultée, elle conclut simplement à une mauvaise bronchite. Pas de quoi s'affoler. Par précaution, elle me remet tout de même une ordonnance.

— Allez faire des examens complémentaires au dispensaire de la rue Saint-Lazare. Revenez me voir avec les résultats.

Et là, j'apprends d'abord que je suis atteinte de tuberculose... pour finalement m'entendre dire que j'ai trop de sucre dans le sang !

Le diabétologue que je rencontre aurait dû me donner un traitement approprié, mais il n'en fait rien. Sans doute ne considère-t-il pas mon taux de glycémie suffisamment élevé pour me soigner.

Mais ma fatigue persiste, accompagnée à présent de légères pertes de connaissance. Je fais part de mes malaises au Dr Augustin, laquelle, ne voulant pas débiner son collègue, ne fait aucun commentaire sur la manière dont je suis suivie. Pourtant, mes analyses ne présagent rien de bon. Visiblement embêtée, elle me met en garde, réitérant plusieurs fois ses recommandations.

— Si vous vomissez, appelez tout de suite l'hôpital, appelez tout de suite, d'accord ?

Cinq jours plus tard, alors que je travaille sur mon

ordinateur, je sens monter en moi un spasme violent que je ne peux réprimer. Je vomis sur mon bureau. Honteuse de n'avoir pu me retenir, je dévale les marches à toute vitesse et entre en trombe dans la loge de la gardienne car mes deux collègues avec lesquels je partage habituellement mon bureau sont en vacances. Elle comprend tout de suite de quoi il s'agit.

— J'appelle un taxi !

Dans la salle d'attente de l'hôpital, plusieurs personnes attendent devant moi. Le dernier fauteuil libre accueille mes vertèbres plutôt sèchement. J'ai mal au cœur. Je garde la tête en arrière, j'ai l'impression que cette position me soulage légèrement.

Lorsque mon tour arrive enfin, je suis au bord de l'évanouissement. Le médecin qui m'examine s'empresse de me faire une prise de sang. Le diagnostic est sans appel : un taux de sucre à tomber raide. Le toubib me regarde avec des yeux ronds. Il se demande comment j'ai pu tenir aussi longtemps. Je suis hospitalisée d'office et reste sous observation pendant une quinzaine de jours, le temps pour l'équipe de me prendre en charge correctement.

Est-ce mon traitement à l'insuline, est-ce l'angoisse ? Je prends vingt-cinq kilos en neuf mois. Mon anxiété est à son paroxysme : je me mets à perdre la mémoire, notant le moindre détail de ma journée sur une feuille de papier. Mais le tout n'est pas de lister mes tâches quotidiennes, encore faut-il que je me rappelle où se trouve mon bloc !

Mes passages à vide sont de plus en plus fréquents. Mon travail en pâtit. Mes lacunes, d'abord passagères, me font comprendre que je ne suis plus en mesure de fournir ce qu'on attend de moi. De nature consciencieuse, je n'assume pas le fait d'être l'auteur de ces dossiers bâclés. Je négocie donc un licenciement à l'amiable avec Xavier, qui organise un pot de départ dans le plus grand secret afin de me réserver la surprise. Entourée de mes collègues, je craque. Cette société dans laquelle j'ai passé six ans m'a permis de trouver un certain équilibre. Quitter le monde du travail alors que je suis en passe de me stabiliser me désespère. J'embrasse tous ceux qui sont venus me dire un dernier « au revoir ». Xavier me souhaite bonne chance et bon courage.

Je vais en avoir besoin...

*
* *

Le décès de mon frère Roger, mon diabète, mon départ de la société... Ces trois coups durs successifs entament fortement mon capital « assurance », quelque peu fragilisé depuis ces derniers temps.

Cependant, il faut absolument que je préserve mes forces, tout du moins pour Natacha, à qui je me dois, après toutes ces années d'absence, de donner l'image d'une maman solide et rassurante. Pour elle, je garde la tête haute. Grâce à elle, je relativise. Ma fille est en bonne santé et obtient d'excellents résultats scolaires. N'est-ce pas là le signe que tout n'est pas si noir dans ma vie ? Il me reste mes deux bras, mes deux jambes. Je vais vaincre cette saloperie de maladie et retrouver du travail ! Après tout, je ne suis pas la seule à souffrir ! Je suis persuadée de pouvoir traverser ces épreuves avec l'aide de Dieu, qui, je le sais, garde un œil sur moi. Je compte sur Sa vigilance et Sa bienveillance pour guider chacun de mes pas.

Chaque être humain se doit de suivre son destin. Le mien a choisi de me faire repasser par la case départ. J'accepte mon sort, tout en réalisant que la traversée pour atteindre l'autre rive sera éprouvante.

Effectivement, ce fut loin d'être de tout repos...

XIV

Décidément... S'il existait une carte de fidélité récompensant l'accumulation d'emmerdes, je serais sans aucun doute la première à bénéficier des points cadeaux pour chaque case dûment remplie !

Il y a quelque temps, j'ai remis une somme d'argent à un ami qui m'avait convaincue d'investir dans l'immobilier. Pour tout dire, la totalité de mes économies y est passée. J'avais bon espoir de doubler ma mise de départ ! Ma confiance aveugle a bien failli me mettre sur la paille. Je n'ai jamais récupéré un seul de mes deniers. Mon soi-disant copain a emporté la caisse, ne me laissant que mes yeux pour pleurer. Je n'ai pas porté plainte. A quoi bon... Je n'étais pas prête à affronter des mois de procédures administratives. Pour ne pas dire des années.

Malheureusement, si l'escroquerie a souvent les pieds sur terre, il peut lui arriver parfois d'avoir des ailes... En effet, à la même époque, je fréquente l'église Saint-Bernard, non loin de la rue de la Goutte-d'Or. Le père Roland vient d'arriver après l'expulsion des sans-papiers dont les médias ont beaucoup parlé. Après plusieurs semaines d'occupation illégale, l'église est en piteux état, les conditions d'hygiène ayant été plus que précaires.

Saint-Bernard est donc bien mal en point lorsque le père Roland en prend les commandes. Il arrive tout droit d'Amérique latine où la ferveur peut atteindre des sommets, et la désertion de ses paroissiens est pour lui un véritable choc. Les gens ont pris l'habitude de fréquenter d'autres lieux de recueillement.

Quoi qu'il en soit, je me rends à Saint-Bernard tous les jours à la même heure, en début de soirée. Fidèle de la première heure, je ne tarde pas à apprendre qu'une place pour enseigner le catéchisme aux enfants se libère. Je me propose donc, avec bon espoir d'être prise, mon profil semblant correspondre aux qualités requises.

N'obtenant aucune réponse, je m'étonne de ce silence. De plus, je sens un malaise grandir entre le père Roland et moi. Alors qu'il est au courant de ma requête, il m'évite. Afin d'écarter tout malentendu, je lui demande un rendez-vous qu'il m'accorde quinze jours plus tard. Entre-temps, j'ai eu la désagréable surprise d'apprendre qu'une femme venant d'une autre paroisse a été embauchée. Nerveuse, j'arrive en avance à notre entretien. Nous sommes dans la maison de Dieu, je parle librement.

— Il y a quelque chose que vous n'osez pas me dire. Vous ne voulez pas de moi, c'est ça ? Je suis au courant pour le poste que vous venez d'octroyer.

Le père Roland, rouge de confusion, gêné par mon entrée en matière abrupte, m'oppose sa mauvaise foi.

— Vous comprenez, je ne peux pas confier des enfants à une néophyte !

Son excuse fallacieuse ne laisse rien présager de bon quant à l'issue de notre conversation. Le parti pris du père Roland crève les yeux.

— Une néophyte ? En huit ans ? Vous ne seriez pas raciste, par hasard ? Je vous quitte. Il me sera facile de trouver un autre endroit pour me recueillir.

J'ai tenu parole. Je n'ai plus jamais remis les pieds dans cette église.

Après toutes ces années passées dans la foi catholique, je me suis sentie étrangère... En un certain sens, cette blessure m'a été utile. Elle m'a permis de comprendre que les serviteurs du Christ ne sont que des êtres humains, avec leurs faiblesses, leurs erreurs aussi. J'avais cru les fondations solides... Le réconfort et la fraternité que je pensais avoir trouvés m'ont glissé entre les doigts un beau jour de 1998. Je ne regrette absolument rien. Cette quête spirituelle m'aura permis d'élargir mon horizon, de trouver la voie du pardon et de faire mon retour en douceur vers l'islam. Car j'ai toujours besoin de croire en quelque chose de plus fort que moi.

Sans cette cassure involontaire, sans tout ce chemin parcouru, je n'aurais pas été en mesure d'aller à la rencontre de « ma » religion. Je ne l'avais vu véhiculer que par des analphabètes, incapables de me transmettre son véritable sens. J'en avais finalement peur. Désireuse d'aller plus loin, de creuser par-delà les apparences, je me suis plongée dans la lecture du Coran. J'ai traqué dans les textes la moindre trace de toutes les brimades dont j'avais été victime. Et j'ai compris avec stupeur que pour certains, le Prophète a bon dos !

Le Prophète n'a jamais interdit l'accès de la culture à la femme, ni même le droit au travail. Son épouse, Khadidja, n'était-elle pas elle-même commerçante ? Seule la connaissance permet d'atteindre Dieu.

J'ai donc été trompée sur la marchandise ! L'islam n'est pas « le monstre » que je me représentais, déformé par les ignorants et les intégristes. Tout comme le catholicisme, il est au contraire synonyme de paix. D'ailleurs, comment expliquer que tant de gens dans le monde se convertissent ? C'est la preuve que les bienfaits de cette religion existent mais demeurent inconnus de bon nombre d'entre nous. Souvent mal déchiffré, l'islam est victime de sa mauvaise interprétation.

*
* *

Le chômage, plus un sou devant moi, Dieu à retrouver... Quant à Natacha, elle est devenue une belle adolescente qui revendique son autonomie. Elle s'absente régulièrement...

Une épaule masculine sur laquelle me reposer ? Ma chasteté, pleinement vécue, m'a fermé les portes de la vie à deux. Je n'ai plus de bouée de secours à laquelle me raccrocher.

Quitter l'Eglise aussi brutalement m'a enlevé un point d'ancrage. Il me reste tout de même un port d'attache : Noisy. Cela peut paraître étrange, voire incompréhensible. Après tout ce que ma mère m'a fait subir, revenir vers elle ?

J'ai compris beaucoup de choses sur maman : elle n'est pas mauvaise, mais tout simplement malade. Je me suis rapprochée d'elle. Sa gentillesse et sa simplicité m'ont soudain paru évidentes. Elle m'a soutenue, moralement et financièrement.

J'avais tant besoin de réconfort !

Pendant deux ans, j'ai passé tous mes week-ends auprès de ma mère. J'arrivais chez elle les mains pleines de souffrances, démunie de tout, de ma personne, de mon argent. Il a fallu que j'attende d'avoir parcouru la moitié de ma vie pour venir lui demander son aide, ce que je n'avais jamais osé faire auparavant. Elle aurait pu en profiter pour m'assener un « si tu m'avais écoutée ! » dont elle a le secret. Eh bien, elle ne l'a pas fait.

Elle s'est contentée de m'ouvrir la porte et de m'offrir l'hospitalité. Cherchant constamment à me faire plaisir, maman me préparait des plats cuisinés pour la semaine, remplissait mon sac de viande, regardait si je ne manquais de rien, me donnait de l'argent pour mes frais de transport. Etre ainsi dorlotée allégeait un peu ma peine.

De son côté, maman avait autant besoin de moi que j'avais besoin d'elle. Sa santé, guère florissante, se dégradait de jour en jour. La savoir ainsi affaiblie me rendait malade. J'ai appris les raisons de ce déclin : deux des membres de ma famille traversaient, eux aussi, une période extrêmement douloureuse de leur vie, avec des répercussions terribles auprès de maman qui faisait de son mieux pour les protéger. Mais la tâche était loin d'être évidente. Il s'agissait d'épreuves dramatiques nécessitant un soutien de tous les instants. Maman, vite dépassée par les événements, comptait sur ma présence pour prendre le relais. Comme elle ne savait ni lire ni écrire le français, je me suis pliée à ses quatre volontés. J'en ai rempli des dossiers ! J'en ai pris des trains ! J'en ai fait des allers-retours pour leur rendre visite à la place de maman. J'ai accepté parce qu'il était de mon devoir de la préserver autant que possible. Ce qui ne m'a pas empêchée de hurler, alors que j'étais à bout : « Je ne suis pas la mère de tes enfants ! »

Fragilisée par les épreuves successives, ma mère a baissé la garde et s'est montrée sous un nouveau jour. Je me suis occupée d'elle. J'ai tenté tant bien que mal de soulager sa peine, de plus en plus lourde. J'y ai mis tellement d'énergie que mes propres problèmes sont passés au second plan. Bien que fatiguée par mon diabète, bien que me trouvant moi-même dans une situation difficile, je ne pouvais pas abandonner maman.

Ces deux années éprouvantes nous ont finalement rapprochées, elle et moi. Nous avons pansé nos plaies mutuellement, chacune cherchant dans le regard de l'autre amour et réconfort.

Puis ce fut l'effondrement total. Depuis longtemps je refusais de voir la vérité en face : la mort d'Amar avait provoqué la scission de notre famille. Lui seul était la pièce maîtresse de cette chaîne dont il s'évertuait à faire tenir les maillons, par sa gentillesse naturelle et son sens de l'équité. Mon frère avait un tel ascendant sur maman qu'elle ne pouvait rien lui refuser. Ayant pris conscience très jeune des faveurs dont il jouissait, Amar voulait nous en faire profiter. Animé par le besoin de nous voir tous réunis, il se déplaçait sans cesse chez l'un ou chez l'autre, avec sa guitare, pour faire la fête.

Lorsqu'il nous a quittés, notre tribu, d'abord soudée, s'est littéralement désagrégée. Aucun de mes autres frères n'avait l'envergure suffisante pour reprendre le rôle. Belkacem, Roger et Bernard menaient leur propre vie depuis longtemps. Restaient Rafik et Madjid. Le premier n'a pas réussi à surmonter sa timidité. Trop introverti. Quant au second, il lui aurait fallu faire preuve d'un peu plus de charisme et d'un peu moins d'égocentrisme. La cerise sur le gâteau appartient à mes sœurs qui n'ont jamais cessé, depuis, de se chamailler, pour un oui, pour un non.

Amar disparu, chacun a repris sa liberté et est parti vivre de son côté : l'un en Corse, l'autre dans le Nord. Peu à peu nous nous sommes dispersés. Ce qui faisait notre ciment a subitement volé en éclats, me laissant un peu plus désemparée. « Loin des yeux, loin du cœur. » Si seulement j'avais eu la force de faire mentir le proverbe... Mais rien n'a jamais été simple dans cette famille. Même prendre des nouvelles. Certains décrochent simplement leur téléphone. Chez nous, l'unité centrale était basée à Noisy avec maman au standard. Si l'un ou l'une voulait s'enquérir de l'état des autres, tout devait passer par ma mère, laquelle se chargeait ensuite de dispatcher les informations au gré de ses humeurs.

L'écartèlement de la famille a provoqué une faille dans mon système de défense, déjà atteint par les coups du sort dont j'avais été victime. Tous les problèmes que j'ai dû affronter par la suite se sont engouffrés dans la brèche : ma santé défaillante, la mort de Roger, la perte de mon travail, l'escroquerie, maman malade, deux proches qui s'enfoncent dans la galère et ne parviennent pas à trouver le bonheur...

Mon enfance et mon adolescence, vécues sous le signe de la tourmente, ont sacrément entamé mon capital « résistance ». J'estimais avoir suffisamment donné sans recevoir autant en retour. J'étais parvenue à un stade où je ne supportais plus rien. Le bateau qui dirigeait ma vie prenait l'eau, de toutes parts. Cette fois, j'étais en train de couler avec la sensation étrange de ne plus savoir nager.

*
* *

Incapable de réagir, je ressasse inlassablement mes idées noires. Mon humeur s'en ressent. La mélancolie me harcèle. J'ai un mal fou à me concentrer. Je me sens fatiguée puis agitée. Agitée puis fatiguée. Je ne vis que dans l'instant présent. Mon avenir ? Une suite sans fin d'obstacles insurmontables, j'en suis persuadée. Lire ? M'acheter des vêtements ? Sortir ? Je n'en ai plus envie. D'ailleurs je n'ai envie de rien. Absolument rien. Je passe mon temps à pleurer sur mon sort, coupable que je suis de m'enfoncer dans mon marasme. Je dors de moins en moins et me réveille à l'aube, plus épuisée que la veille encore. Si je devais résumer en un seul mot l'état dans lequel je me trouve : vide. Ma vie sonne creux.

Mes relations avec les proches s'enveniment. Je peux passer de l'abattement le plus total à des moments d'agressivité incontrôlables. Natacha en pâtit, bien que je sache encore la protéger de ma violence latente, Dieu merci. Mais il faut que je casse ! Toutes mes statues de saints y passent. Je brûle des photos, des icônes, je fends même en deux l'évier de ma cuisine. Je me fais horreur, j'ai l'impression de porter le masque de ma mère, j'ai peur de mes réactions, mes doigts me démangent. Dans ces cas-là, lorsque la tension est à son comble, lorsque mon cerveau ne répond plus de rien, j'ordonne à ma fille de partir, je lui hurle de foutre le camp, sinon c'est ma main sur la figure !

Pendant dix-huit mois, j'ai du mal à communiquer avec mon enfant. Ma fille ne se rebelle pas, elle est simplement triste de me voir dans cet état-là. De plus en plus souvent, je me renferme sur moi-même, dans un état proche de l'apathie, puis il m'arrive d'être gaie pour retomber encore plus bas, encore plus vite.

Mes sautes d'humeur inexpliquées ont-elles provoqué son départ ? Natacha est partie vivre dans le cadre d'une communauté de jeunes chrétiennes. Même s'il est dans l'ordre des choses de permettre l'envol à ses enfants, son absence soudaine me meurtrit. Je regarde sa chambre, à laquelle je n'ai pas touché. La sentir loin me fait mal.

Mon médecin, qui me suit tous les quatre mois depuis le dépistage de mon diabète, est le premier à diagnostiquer ce dont je souffre : dépression. Je souffre de dépression. Tous les symptômes décrits ne font aucun doute. Il adresse alors immédiatement une lettre à un confrère psychiatre, car j'ai besoin d'aide. Seule, je risque de m'enfoncer encore un peu plus. Je sais qu'il a parfaitement raison. D'autant que ma situation financière n'est guère plus encourageante. Sans un centime d'avance, j'ai cessé de payer mes loyers. Mes dettes se sont accumulées, me faisant atteindre le seuil de la pauvreté.

Rencontrer un psychiatre est sans doute la dernière chance de m'en sortir. Car je veux m'en sortir ! Combien de temps encore vais-je me complaire dans mon rôle de victime ? La vie ne m'a jamais été servie sur un plateau d'argent, je le sais, mais je me suis battue pour garder ma dignité et m'assumer totalement.

Je suis en train de tout saccager.

*
* *

Assise sur le bord de la chaise, je fixe obstinément le bout de mes chaussures. Le psychiatre, un homme charmant qui depuis le début de la séance fait son possible pour me mettre à l'aise, finit par se lever. Il rapproche du mien un des fauteuils de son bureau et s'assoit à mes côtés. La nuque baissée, j'en suis toujours à contempler la moquette. Le psychiatre prend une de mes mains, la serre doucement, cherchant ainsi à déclencher une réaction de ma part. Au bout de quelques secondes, il rompt ce silence devenu pesant :

— S'il vous plaît, vous ne pouvez pas me regarder ?

Le regarder ? Comment veut-il que je fasse ? Il y a un tel dégoût en moi. Si mes yeux croisaient les siens, il n'y verrait que mon sentiment d'humiliation. Je n'ai même pas la force de relever le menton, je ne me sens pas à la hauteur, jamais je n'y arriverai. A quoi bon...

— Je vous garde dans mon service... Je ne vous promets aucun miracle. Mais si vous suivez correctement le traitement approprié, dans quelques semaines, vous serez capable de me sourire sans que je vous le demande !

Hospitalisée pendant plus d'un mois, je suis confrontée à l'horreur. Je vois des jeunes filles qui, ayant vécu l'inceste et les abus sexuels, ne souhaitent qu'une seule chose : en finir avec la vie par tous les moyens, la drogue, l'alcool ou le suicide. Je parle avec des personnes âgées dont plus personne ne veut et qui se réfugient dans la folie. Je croise cet homme qui a perdu sa femme et ses enfants dans un accident de voiture. Il a voulu se pendre mais sa tentative a échoué. « Je recommencerai », m'a-t-il dit, à bout de forces.

M'est alors revenu à l'esprit ce que me disait parfois maman :

— Apprends à regarder avec amour ceux qui sont plus malheureux que toi. Ils te donneront du courage. Ne regarde pas ceux qui sont au-dessus de toi, ils te donneront le vertige.

Comme elle avait raison... Vivre de près la souffrance des autres aide à relativiser la sienne.

A ma sortie, je ne suis pas tout à fait rétablie, ça non, car je viens de loin, du fond du trou. Mais je me sens beaucoup mieux. Ce séjour à l'hôpital m'a aidée à retrouver les vraies valeurs de la vie. J'ai eu le temps de remettre chaque chose à sa place.

Et plutôt que de recourir aux antidépresseurs pendant des mois, j'ai choisi d'écrire ce livre. La décision n'a pas été facile à prendre, j'ai longtemps hésité, pour deux raisons. La première est que ma famille ne se doute absolument pas de l'existence de ce témoignage. Quelle sera sa réaction ? Qu'importe ! J'assume pleinement mon combat. Celui d'avoir dit non au mariage de force et d'avoir permis à mes sœurs, ainsi, de ne pas subir le même outrage et d'accéder aux études supérieures. La seconde est que je n'aime guère faire étalage de mes sentiments. A tel point que mon entourage n'a jamais soupçonné mes drames. A la lecture de ce récit, je suis persuadée que plus d'un tombera de haut. J'ai rarement parlé de ma vie aux autres. Seulement lorsque c'était indispensable.

Avoir été dépressive m'a convaincue qu'il était temps d'exorciser mes fantômes, de leur donner la parole, de les coucher sur du papier, pour qu'ils me laissent enfin vivre en paix. Il me reste tellement de choses à faire ! J'ai soif d'amour, soif d'optimisme. Mon histoire n'a rien de triste, rien de misérable. Au contraire, je la trouve belle. Elle a fait de moi ce que je suis.

Mais il est temps que je tourne la page.

Peu à peu, grâce au suivi du psychiatre, grâce à ce livre — magnifique thérapie ! —, grâce au regard « positif » de ma mère, je n'ai plus eu peur de vivre. Je savais que maman me comprenait. A sa manière elle me comprenait. Mais il me restait encore des séquelles : mon sommeil perturbé. Maman, à laquelle rien n'a jamais échappé, s'est rendu compte que je dormais mal, et peu.

— Viens dans ma chambre, tu seras près de moi.

J'ai partagé son lit, comme je le faisais autrefois avec Natacha. Rassérénée par sa respiration lente et régulière, j'ai peu à peu apprivoisé mes nuits, au chaud, mes pieds collés contre les siens. A quarante ans, j'étais redevenue son enfant, sa petite fille.

Mais avais-je, un jour, cessé de l'être ?

Epilogue

Si c'était à refaire ? Oui ! Je le referais.

Les fausses notes n'ont pas manqué dans ma vie. Qui n'en a pas eu ? Les lamentations perpétuelles ne changeront pas mon passé. Bien sûr, j'ai été maltraitée puis mariée de force. Je n'étais pas la première et malheureusement je ne serai pas la dernière. Victime d'une culture que je n'ai pas choisie, il m'a fallu payer au prix fort, comme tant d'autres, le poids des traditions. Que leur ignorance leur soit pardonnée...

Je préfère garder en mémoire ce qui a fait de moi une femme double et à la fois unique. Algérienne par mes racines mais Française de cœur, je dois absolument tout au pays qui m'a adoptée sans me demander qui j'étais. D'ailleurs, je n'ai pris conscience de ma « différence » qu'à l'aube de mon adolescence, lorsqu'un des enseignants nous a demandé d'évoquer notre lieu de naissance. Villanière-sur-Aude ? Je n'en avais aucun souvenir, mes parents ayant déménagé trop rapidement. D'où venais-je donc ? Mon professeur de français m'a donné la réponse.

— Tu es algérienne, pourquoi ne ferais-tu pas un exposé sur ton pays d'origine ?

Algérienne ? La France ne m'avait jamais fait sentir mon appartenance à cette terre. Pour moi, j'étais française, même si je n'avais alors qu'une carte de résidence.

J'ai eu le privilège de connaître une époque — les années 1970 — où les étrangers, quels qu'ils soient, n'étaient pas encore exposés au rejet. Les gens s'aidaient et se respectaient. Noisy-le-Sec, petite commune, abritait au moins cinq nationalités différentes. Nous vivions tous en réelle harmonie. Sans doute parce que nos conditions d'existence nous rapprochaient. Nous habitions des logis modestes, mais à dimension humaine. Et nos voisins n'étaient pas si nombreux que ne puissions pas les connaître. Quand apparaîtront les tours, les gens afflueront de toute part, et leur nombre fera d'eux des étrangers les uns pour les autres, tandis que les cités ghettos les parqueront comme des parias. Je me demande parfois ce que je serais devenue si j'avais grandi dans une de ces barres de béton...

Il n'empêche que l'intégration n'était pas simple, même à « mon époque », vu le statut particulier de nos parents.

A l'inverse des Asiatiques qui, fuyant la guerre et ses massacres, se sont fondus tout de suite dans le moule sans songer à repartir chez eux, nos parents ont vécu ici avec l'idée du retour au pays. De ce fait, ils ne se sont pas investis totalement, retardant d'autant l'assimilation de leur progéniture.

Oui, nos parents auraient bien aimé pouvoir retourner en Algérie après avoir aidé la France à se reconstruire au lendemain de la Deuxième Guerre mondiale, après avoir occupé les emplois les plus exposés, les moins qualifiés et les moins rémunérateurs.

La France était alors friande de cette main-d'œuvre bon marché.

D'origine rurale pour la plupart, ils ont été des dizaines de milliers à se « déraciner », à laisser leurs terres, leurs familles, leurs coutumes, pour émigrer vers un pays à la réputation de paradis terrestre, en attendant de revenir finir leurs jours au soleil.

La réalité se révéla bien différente de ces projets. En France, il aurait fallu s'adapter, adopter de nouvelles habitudes, créer de nouveaux liens. Mais à quoi bon puisqu'ils allaient tôt ou tard repartir « là-bas » ?

Seulement « là-bas », on ne les attendait plus. Revenir, c'était prendre le risque — quasi assuré — d'être considérés comme des étrangers dans leur propre pays, les « locaux » ne leur pardonnant pas forcément d'avoir « déserté ». Leur retour ne passait pas inaperçu car quelque chose en eux avait changé, que les autochtones sentaient immédiatement. Les représailles étaient à craindre : ne pas être servi dans un magasin, payer plus cher certains produits parce qu'un émigré est forcément riche, être traité de « vacancier »... Beaucoup d'Algériens ne s'y sont pas risqués...

Ils sont donc restés, prisonniers malgré eux d'un système qui les avait encouragés à traverser la Méditerranée pour finalement les trouver dérangeants. Parqués dans des cités sans âme, les immigrés se sont sentis rejetés. Où était le juste retour des choses ? Pourquoi les avoir fait venir ? Pour mieux les isoler ?

Certains Français n'admettent pas que les Algériens aient gardé vivantes leurs traditions : la religion, la célébration de certaines fêtes, les rites, la manière de s'habiller. Mais ce sont autant de liens qui les empêchent de rompre définitivement avec leurs racines !

Seulement, il y a une différence entre l'attachement aux racines et l'enfermement dans des traditions culturelles et sociales d'un autre âge. Et nos mères ont été les victimes de cet enfermement. Elles n'ont pu profiter d'une émancipation salutaire et s'y sont même souvent opposées quand il s'est agi de leurs enfants. La plupart des femmes algériennes qui ont suivi ou rejoint leurs maris appartenaient au même moule : celui des traditions. Reléguées entre les quatre murs de leur appartement, elles avaient en charge l'éducation d'une marmaille souvent nombreuse. Non scolarisées pour la majorité, elles ne parvenaient pas, même après des années, à parler et comprendre correctement le français. A qui la faute ? A ces femmes qui s'enfermaient dans leurs coutumes ou à des principes ancestraux qui les empêchaient d'avoir accès au savoir ? Et l'on aurait voulu que leurs enfants, nés sur le sol français, trouvent leur place et leur équilibre entre deux cultures que tout opposait ?

Eh bien, avant la prolifération des HLM aux périphéries des grandes villes, c'était encore possible et j'en ai profité. Je n'ai jamais été traitée de « sale bougnoule ».

Etre algérienne m'a donné une certaine intégrité, le sens de la famille, de la convivialité, du respect, de l'hospitalité. Chez nous, n'importe qui peut sonner, à n'importe quelle heure. Il sera toujours reçu à bras ouverts, même s'il n'a pas prévenu, même s'il n'a rien à offrir, même s'il a tout à demander. Mon « algérianité » fait partie intégrante de ma personnalité, au même titre qu'un Français peut se sentir fier d'être français mais aussi auvergnat ou breton. L'amour de mon pays d'origine m'a imposé des devoirs. Véritable ambassadrice de la terre de mes ancêtres, je tiens à lui rendre hommage en contribuant à donner une image positive de ma patrie, si méconnue, si mal aimée. J'ai déjà commencé, il me reste beaucoup à faire.

Mais c'est à la France que je dois tout ! C'est elle qui m'a protégée et soustraite à la tyrannie de ma mère, c'est elle qui m'a nourrie quand j'avais froid et faim, c'est elle qui m'a offert ce bijou inestimable qui a probablement changé le cours de mon destin : l'instruction. Sans ce magnifique joyau, je serais illettrée, mariée sans mon consentement et mère de six ou dix enfants.

La France m'a donné libre accès au savoir ! L'école ? J'en garde des souvenirs lumineux. Le respect envers les enseignants était alors total et absolu. En classe, on entendait une mouche voler. J'ai porté longtemps une blouse bleue. Je devais attacher mes cheveux. Le maquillage était interdit. Les cours d'instruction civique m'ont ouvert les yeux sur le respect des autres. J'aimais écouter, écrire, réciter, apprendre, tout ce qui pouvait faire de moi un être plus fort. Si maman ne m'avait pas brisé les pattes, j'aurais pu aller très loin.

A cette époque, les élèves n'étaient pas encore insolents, les parents ne portaient pas encore plainte contre les enseignants. La France, je l'ai dit, était loin d'être raciste. Les germes de la xénophobie étaient sans doute plantés mais n'avaient pas encore donné leurs fruits.

J'ai toujours en mémoire le trio que nous formions, Maryline, Gisèle et moi. Une catholique, une juive et une musulmane réunies dans la cour du collège. Chacune avait ses particularités. Maryline allait à la messe tous les dimanches matin, Gisèle faisait shabat et moi, je respectais le ramadan. Nous n'étions pas là pour juger de nos différences, mais pour apprendre.

Et nous enrichir d'une culture supplémentaire.

*
* *

Oui, je dois tout à la France.

Et à ma mère.

J'ai bien dit : ma mère ! Je lui dois, vue de l'extérieur, une enfance digne, celle d'une fillette nourrie correctement, vêtue à l'avenant, à qui l'on achetait toutes les fournitures scolaires dont elle avait besoin.

Je lui dois aussi les coups, les sévices de l'obscurantisme, et un drap dans la bouche en guise de cri d'amour.

Mais je lui dois sans doute, encore plus, d'avoir pu emprunter les chemins du pardon. De m'être mise à sa place, d'avoir pris conscience de ses drames, apprécié le courage qu'elle a montré à nous élever, dans le brouillard de son illettrisme et la pesanteur des vieilles « obligations ». Sur la longue route de déboires et d'errance qu'est la voie de la miséricorde, j'ai pu sortir de mes propres souffrances et admettre les siennes. Si je suis revenue, un soir d'abandon, me réfugier entre ses bras, c'est parce que j'ai compris que, en dépit de ses actes barbares, elle m'aimait à sa manière et ne voulait que « mon bien », même si ce bien n'avait pas pour elle les mêmes résonances que pour moi.

J'ai aussi trouvé, dans ce travail de mémoire qu'exigeait ma compassion filiale, le devoir et la force de ne pas reproduire, avec mon propre enfant, les schémas de la violence et de l'intransigeance.

Je sais maintenant que les blessures graves de l'enfance et de la prime jeunesse peuvent générer une certaine inaptitude au bonheur.

Je veux que ma fille soit heureuse.

Composition réalisée par JOUVE

IMPRIMÉ EN ESPAGNE PAR LIBERDUPLEX
Barcelone
Dépôt légal Éditeur : 53449-02/2005
Édition 01
LIBRAIRIE GÉNÉRALE FRANÇAISE - 31, rue de Fleurus - 75278 Paris cedex 06.

ISBN : 2 - 253 - 11234 - 8   ✦ 31/1234/9